小説 JUMP j BOOKS

キン肉《にく》マン

四次元殺法殺人事件

おぎぬまX 監修:ゆでたまご

キン肉《にく》マン

四次元殺法殺人事件

登場人物紹介

アレキサンドリア・ミート

キン肉マンの重臣。
正義超人のなかでも
屈指の頭脳を持つ。

キン骨マン

ドクロ星からやってきた怪人。
打倒キン肉マンに燃える。

キン肉マン

キン肉星第58代大王。
大王としての職務中に
突如として失踪する。

キン肉マン

●四次元殺法殺人事件

もくじ

プロローグ

大田区田園調布《おおたくでんえんちょうふ》にある公園内に、赤い屋根のほったて小屋がある。

側面は豚の顔を模したような奇抜なデザインで、二つある目の部分が窓となっている。

壁のあちこちには穴が空いており、木板が乱暴に打ちつけられ、風が通るのを防いでいた。

そこは〈キン肉《にく》ハウス〉と呼ばれる、かの超人《ちょうじん》レスラーの住まいであった。


アレキサンドリア・ミートは、かつての住まいを見上げると、そこで過ごした輝かしい日々を思い出した。

明らかに無許可で建てられているのに、区から立退きを命じられることもなく、近隣住民の間で親しまれ、時には名だたる超人レスラーが集《つど》ったり、時にはゴキブリ家族に乗っ取られたりもしたが……それも今となっては懐かしい。

現在のキン肉ハウスは主《あるじ》のいない空き家となっていた。

ミートはキン肉ハウスの窓から中を覗いてみた。室内は薄暗く、人の気配はない。

「王子……やはり、ここにも来ていないのですね」

長い間、放置されてクモの巣が張り付いた窓ガラスに、ミートの切なげな表情が映る。

キン肉マンが失踪してから、すでに一週間が経過していた。

1987年、王位争奪サバイバル・マッチを勝ち抜いたキン肉マンは、第58代キン肉星大王に即位した。

その後は、超人レスラーとしてではなく、大王としての職務が待っていたのだが、王位を継承して一か月もしない内に、忽然《こつぜん》と姿を消してしまったのだ。

当然、キン肉星は大混乱となり、国をあげての捜索が始まった。

その結果、現在のキン肉マンの住まいでもあるマッスルガム宮殿に仕《つか》えるメイドが、キン肉マンに旅客宇宙船の切符をこっそり買うように頼まれていたことが判明した（メイドはこのことを秘密にするようキン肉マンに買収されていたが、報酬が牛丼だったので憤慨し、情報を提供した）。

宇宙船の行き先は、はるか遠い惑星——地球。

キン肉マンの重臣《じゅうしん》、アレキサンドリア・ミートは失踪した大王の行方を追うため、すぐさま地球に降り立った！

――そして、現在。

空き家のままのキン肉ハウスの前で、ミートは立ち尽くしていた。

「ウーム……、王子にとって、ゆかりのある場所を回っていけば、いずれ見つかると思っていたけど、考えが甘かったなぁ。近所の牛丼屋にも姿を見せてないようだし」

ミートは日本に来てからというもの、キン肉マンのことをいつもの癖で「大王」ではなく、「王子」と呼んでいた。

ミートは無意識に出入り口のドアノブを握った。

建て付けの悪いドアを開くと、薄暗い室内に光が差し込む。万年コタツにみかん箱を台にした古ぼけたテレビ、床に散らばったマンガ雑誌や鉄アレイ。どれもこれも当時のままだった。

思えば、ミートが初めて地球に降り立ったのも、現在と同じように行方不明になったキン肉マンを母星に連れ戻すためだった。

両親に豚と間違えられて宇宙空間に捨てられてしまったキン肉マンは、幼少時代をたった一人でこのキン肉ハウスで過ごした。

のちにミートがキン肉星に連れ戻すためにやって来たが……気づけば、キン肉マンのお目付役として、このキン肉ハウスで同居することになり、怪獣退治や、超人オリンピック、悪魔超人との抗争に、王位争奪戦……とたくさんの戦いを側《そば》で見てきた。

キン肉マンと過ごした日々が蘇り、ミートの目頭が熱くなる。

「ん……？」

ミートは涙を拭くついでに、メガネをしっかりとかけ直した。気のせいだろうか、部屋の片隅に見覚えのない物体が転がっている。

目を凝らしてよく見ると、そこには白骨死体が大の字に横たわっていた。

「ゲ……ゲェ――――ッッ!?」

仰天したミートは飛び跳ね、そのまま尻餅をついた。

「そ、そんな……!?　王子が白骨死体に!?　あ……ああ〜〜〜〜っ!!　ボクがもっと早く、ここに来ていれば、こんな事にはならなかったかもしれないのにぃ〜〜〜〜っ!!」

無念のあまり、ミートは泣きながら床をありったけの力で叩く。しかし、しばらくして、目の前の状況が不自然なことに気づいた。キン肉マンが失踪してから、まだ一週間しか経過していない。仮にキン肉マンが地球にやって来てすぐに死亡したとしても、死体はそんなにすぐ白骨化するものなのだろうか？

ミートはおそるおそる、部屋の片隅の白骨死体を眺める。すると奇妙なことに、白骨死体からプクーッと膨らんだ鼻ちょうちんが出ているではないか。よく見たら、額には

〈骨〉の文字まである。

「ゲ、ゲェ――ッ!? あなたは……」

ミートが叫ぶと同時に、鼻ちょうちんがパチンと割れた。白骨死体と思われたものが、むくりと上体を起こした。

「ム……ムヒョッ! 誰かと思ったらミートだわさっ」

骸骨《がいこつ》模様の全身タイツに、真っ赤なマフラー。しゃれこうべのような顔をした者が、腰まで伸びた灰色の髪を搔きながら起き上がった。

「キン骨《こつ》マン!! ど、どうして、あなたがここに……!?」

意外な再会にミートは動揺したが、キン骨マンは特に気にすることもなく、あくびをしながら体を伸ばした。全身からポキポキポキと音が鳴る。

「答えろ、キン骨マン! ボクは失踪した王子の行方を探すため日本にやって来たんだ! 王子が失踪したのは、お前たち怪人の仕業なのかッ!?」

ミートは臨戦態勢をとりながら叫んだ。相手の出方次第では闘う覚悟だった。

一触即発の緊張感の中で、キン骨マンは静かに手を突き出して、ミートを制止した。

「ムヒョヒョ……あちきも、ミートと目的は同じだわさ。キン肉マンが地球に来ていることは情報屋から聞いているだわさ」

「えっ？」

目を丸くするミートに、キン骨マンは不敵な笑みを浮かべた。

「そこで、奴のかつての住まいである、このキン肉ハウスを訪れたが、アテが外れたようで……次の行き先を考えながら、休憩していたところだわさ」

ミートは警戒を解かないまま、キン骨マンに訊ねた。

「キン骨マン、なぜあなたが王子を探す必要が？」

「ムヒョッ。それは当然、キン肉マンにリベンジするためだわさっ！」

「リ、リベンジ〜〜ッ!?」

ミートの顔が一気に青ざめる。

「あちきは、今も打倒キン肉マンという野望を捨ててないだわさっ！」

キン骨マンは拳《こぶし》を強く握りしめて叫んだ。

「だが、気がつけば、キン肉マンはキン肉星の大王となって地球を離れてしまったわいな……そして今、どんな理由かは知らんが、あのブタ男が地球に来ている！　これは、あちきが奴に復讐を果たす、最後のチャンスかもしれないだわさっ！」

キン骨マンの目は、寂しさと執念が混ざり合ったような怪しい輝きを放っていた。

ミートはごくり息を呑むと訊ねた。

「しかし、キン骨マン……ダメ超人とバカにされていた昔ならともかく、いまや名実ともにキン肉星を代表する超人となった王子に、どうやって勝つつもりなんですか？」

「フン、やりようなど、いくらでもあるだわさ。遠くから狙撃したり、牛丼に毒を盛ったり、爆弾をしかけたり、怪人仲間とリンチしたり……」

「正々堂々と立ち向かう気はないんですか!?」

ミートは軽蔑の眼差しを相手に向けた。今の発言が本当なら、キン骨マンは大王の暗殺を目論むテロリストである。このまま見過ごすわけにはいかない。

「とはいえ、ミート……しばしの間、休戦だわさ」

「休戦？」

キン骨マンは不敵な笑みを浮かべると、ミートに向かって手を差し伸べた。

「お互い、キン肉マンの行方を捜すという目的は同じ。まずは奴の居所を突き止めることが先決だわさっ！」

「ウ、ウ〜〜ンッ……」

ミートは返答に迷い言い淀んだ。

キン骨マンの野望は見過ごせないが、最優先にすべきことは、一刻も早くキン肉マンの居場所を突き止めることである。

それにキン骨マンと行動を共にすれば、結局のところキン骨マンを監視することもできるのだ。

「分かりました、キン骨マン。ここは王子の行方を探すために協力しましょう」

ミートは差し出された手を力強く握った。

「ムヒョヒョ〜ッ！　それは助かるだわさ。舎弟《しゃてい》のイワオが里帰りしていて困っていたところだったわいな！」

こうして、ミート&キン骨マンという異色のタッグが結成された。

知性と悪知恵の凸凹《でこぼこ》コンビは、キン肉マンを探し出すことができるのか？

「さて……まずはどこへ向かいましょうか？　すでに王子の行きそうな場所はあらかた探しています。正直、早くも調査は行き詰まっている状況です」

ミートが訊ねるとキン骨マンは「ムヒョヒョ……」と言いながら顎に手を当てた。

「……借金返済日に消えたおっちゃんを探すなら競馬場を、超人レスラーだった男を探すなら試合会場を探せばいいだわさ」

「えっ？　それは、どういうことですか？」

首を傾げるミートに、キン骨マンは自信満々に答えた。

「キン肉マンがどこにいるか分からないなら、あのブタ男が行きそうなところをあたるしかないだわさ。奴は今でこそキン肉星の大王だが、元は現役バリバリの超人レスラー。きっと、リングが恋しくて試合を観に来るに決まっているだわさ！」

「な、なるほど……」

ミートはメガネに手を当てながら頷いた。

キン肉マンが失踪した理由は、牛丼愛好会の集いに参加するため、好きだったアイドルの解散ライブを観に行くためなど、様々な憶測が飛び交ったが……実はミートも、超人レスリングが恋しくなったのでは？　と予想していた。

ミートはキン骨マンの鋭い指摘に納得すると、地球に降り立った時に買っておいたスポーツ新聞を開いて、直近のイベントをチェックする。

「キン骨マン！　ちょうど今日、後楽園《こうらくえん》球場でデカい試合がありますっ！」

「それじゃ、さっそく一儲け……じゃなくて、キン肉マンを探しに行くだわさ！」

二人は、キン肉ハウスを飛び出した。

一方、超人界では今までとは種類の異なる厄災が降りかかろうとしていた……。

事件Ⅰ

登場人物紹介

四次元殺法コンビ

ペンタゴン

背中の羽で
空を飛ぶ、
空中殺法の達人。

ブラックホール

顔面に空いた穴は
四次元空間に
通じている。

宇宙一凶悪コンビ

スカル・ボーズ

体から針を出したり
口から火を
噴いたりして戦う。

デビル・マジシャン

トランプや
ナイフを使った
凶器攻撃が得意。

事件Ⅰ

四次元殺法殺人事件

1

二人の超人《ちょうじん》が試合前の控室で言い争っている。

「考えを変える気は、絶対にないんだな？」

片方の超人が腕を組み、相手を睨みつける。その目は怒りに満ちていた。

「すまない……もう決めたことなんだ」

もう片方の超人が申し訳なさそうに背を向ける。興奮している相手を落ちつかせるため、二人分注《つ》いだコーヒーカップに手を伸ばした。

「――そうか、ならば仕方ない」

次の瞬間、コーヒーカップが床に落ちて粉々になった。背中を向けた超人が、背後から襲われたのだ。

「な、何をする……!?」

襲いかかった超人は、抱きしめるように相手の腰に両腕を回すと、有無を言わさず、天井スレスレまで跳躍した。そして、空中で相手の頭部が床に向くようにひっくり返す。

ぐるりと、相手の視界が反転する。頭部が床めがけて猛スピードで落下していく。

パイルドライバーの体勢だった。

「よ、よせっ……!!」

ズガンという衝撃音が控室に響いた。

2

ミートは、キン肉《にく》マンも何度か試合をしたことがある、後楽園《こうらくえん》球場の観客席にいた。

会場は超満員で、押し寄せた超人プロレスファンたちが、メーンイベントを前に沸いている。ミートは手にしたパンフレットを眺めた。

〈四次元殺法コンビ VS 宇宙一凶悪コンビのタッグ王者決定戦!!〉

「なかなかマニア心をくすぐるカードだなぁ」

本来の目的を忘れて、ミートがにやにやとする。

四次元殺法コンビといえば、正義超人・ペンタゴンと悪魔超人・ブラックホールの正悪混合チームである。翼が生えた白い超人・ペンタゴンの空中殺法に、顔面に穴が空《あ》いた黒い超人・ブラックホールの四次元レスリングは、なんでもありの超人レスリングの中でも、極めて複雑怪奇だ。最強のタッグチームを決める〈宇宙超人タッグ・トーナメント〉でも、キン肉マンと謎の相棒・キン肉マングレートによる〈マッスル・ブラザーズ〉を翻弄した実力を持つ。

一方、宇宙一凶悪コンビの二人は、どちらも特殊な能力を持たない。いや、持つ必要がないのかもしれない。彼らの最大の武器は、泣く子も黙る残虐な精神そのものなのだ。

チームリーダーのスカル・ボーズは、かつて、アメリカの超人レスリング界で三大団体の一つとされたWSF《世界超人同盟》の代表超人だった。パートナーのデビル・マジシャンとの凶器攻撃や反則上等の残虐ファイトは、キン肉マンがアメリカ遠征中に結成したテリーマンとのタッグ〈ザ・マシンガンズ〉を大いに苦しめた。

「実力的には四次元殺法コンビが有利だけど、宇宙一凶悪コンビも何をしでかすか分からない恐さがある。変幻自在の四次元殺法と、反則上等の残虐殺法……果たして、どちらに軍配が上がるか、ウーム……」

パンフレットを片手にぶつぶつと呟いていたミートが「はっ」と我に返る。

「いけない、いけない……ボクの目的は、消えた王子の手がかりを探すことだった！」

ミートは自分の両頰をはたいて活を入れた。

「それにしても、キン骨《こつ》マンはどこに行ったんだろう？」

ミートは客席から離れると、さきほどまで隣にいたはずのキン骨マンを探すため、会場内を歩き回った。

『キン肉マンは超人レスリングが恋しくて、必ず試合会場にやってくるだわさ！』

……そう豪語していたキン骨マンは、なぜだか客席に着くなり姿を消した。しばらく会場内を探し回っていたミートだったが、とうとう売店のあるスペースで、その姿を捉えた。

「ちょっと……何をやってるんですか、キン骨マン？」

キン骨マンは、軽食や物販がある売店の真横に屋台を並べて、行き交う人々を相手に何やら商売を始めていた。

「ミート、いいところに来たわいなっ。お前も手伝うだわさ」

キン骨マンが客を相手にしながら、ミートに「スタッフ」と書かれたエプロンを渡す。

「手伝うって、何をですか？　ああっ……それにこれは!?」

キン骨マンの屋台に並ぶ商品は、全て後楽園球場の売店で売られている軽食や、グッズだった。しかも、正規の値段よりも十倍ほど高い。元からある売店に目を移すと、あらゆる商品が売り切れていた。

「あちきが考えた新しいビジネスだわさ。あらゆる商品を買い占めて、それを高額の値段で売り捌《さば》く。たとえ法外な値段と分かっていても、客はあちきから買うしかないだわさっ！　ムヒョヒョ〜〜ッ！」

「ただの迷惑行為じゃないですか!!」

まだまだ先の時代、令和に横行する悪徳商法の先駆けを、キン骨マンは昭和の時点で実行していた。ミートはエプロンを床に叩きつけると、足早にその場を去った。

（やはり、キン骨マンなんかと行動を共にするべきじゃなかった……!!　王子を探すとか言っておきながら、お金儲けのことしか考えてないじゃないか。だいたい今回のイベントだって、ボクが二人分のチケットを購入したというのに!!　こうなったら、ボク一人で王子を探すんだ!!）

溢れ出す怒りの感情を抑えながら、ミートは控室がある方向に歩を進めた。

試合開始まで、まだ時間はある。ミートは今回の試合に出場する両陣営に、キン肉マンの行方を知らないか聞き出そうとした。

二股に分かれた長い廊下にたどり着いたミートは、壁にある張り紙を見上げた。

〈四次元殺法コンビ　控室➡・宇宙一凶悪コンビ　控室⬅〉

両陣営の控室は離れた場所にあるようだった。

試合前に部外者が顔を出すのは気が引けるが、正義超人のペンタゴンなら、紳士的に対応してくれるかもしれない。そう考えたミートは、四次元殺法コンビの控室がある方向に進んだ。

長い廊下を進むと、〈四次元殺法コンビ　控室〉と張り紙がされたドアが見えた。

予想はしていたが、選手控室の前には警備員が立っており、部外者を近づけないように目を光らせている。

さて、どうやって中に入れてもらおうかと、ミートが警備員に近寄った時だった。

ズガンという衝撃音が控室の中から響いた。

突然のことにミートと警備員は飛び跳ねるほど驚いた。

「なっ……今の音は!?」

ミートが控室の側まで近寄ると、尻餅をついていた警備員が慌てて立ち上がった。

「ちょっとキミ……勝手に入っちゃダメだよ！」

若い警備員が、背後からミートの両肩を掴む。

「そんなこと言ってる場合ですか――っ！　さっきの音、只事《ただごと》じゃないですよ！　中で何かあったのかもしれませんっ！」

「えぇーっ!?」

ミートの言葉に警備員が動揺する。

「中の二人が心配です！　早くドアを開けてください！」

「いや……そうは言っても私はただの警備員だから、控室の鍵なんて持ってないんだ」

「えぇーっ⁉」

今度はミートが動揺する。試しにドアノブを捻《ひね》ってみるが、鍵がかかっているようで、ドアはぴくりとも動かない。

次にドアを何度もノックするが応答はない。……が、室内から微かな物音がする。

何者かが中にいる気配があった。

（……どうして、誰かいるのに応答しないんだ⁉）

物言わぬ鋼鉄のドアの前で、ミートは背筋に冷たいものが走るのを感じた。

「警備員さん……すぐに控室の鍵を持ってきてください！　ボクはこのドアを蹴破れるか試してみますっ！」

ただならぬミートの剣幕に押され、走り出そうとした警備員が「うわっ」と声を上げた。

ミートが振り返ると、自分たちを怪訝な表情で見下ろす、漆黒の超人が立っていた。

「お前ら、人の控室の前で何をしているんだ？」

鍛えあげられた黒いボディに、血のように真っ赤なグローブとシューズ、何より見た者をゾッとさせる顔面を覆う巨大な穴……悪魔超人・ブラックホールが、腰に手を当てて、控室の前で騒ぐ二人を眺めている。

「ン？　なんだ、ミートじゃないか。キン肉マンに仕えるお前が、どうして地球にいるんだ？」

ブラックホールが懐かしそうに笑った。ミートはすぐさま状況を説明する。

「今、あなたたちの控室からものすごい衝撃音がしたんですよっ！　中にいるのは、ペンタゴンなのですか？」

「何？　たしかに、ペンタゴンなら中にいるはずだが……」

只事ではないと察したブラックホールは、懐《ふところ》から鍵を取り出した。ミートと警備員に見守られながら、ドアに鍵を差し込む。

「ヘイ、相棒。キン肉星から騒音の苦情がきたぜ。何かあったの……」

控室のドアを開けたまま、ブラックホールが凍りついた。

「ど、どうしたんですか!?　ブラックホール……!?」

おそるおそるミートが室内を覗くと、あまりにも、おぞましい光景が広がっていた。

「ゲ……ゲェ――――ッ!?」

ミートの目に飛び込んできたのは、頭部を床にめり込ませ、両足を天井に向けたまま死亡している、ペンタゴンだった。

「い、一体誰が……」

ブラックホールが、タッグパートナーの亡骸《なきがら》を前にして、力なく立ち尽くす。室内はペンタゴンの自慢の白い羽根が、血溜まりのように床に散乱していた。

その時、ミートは部屋の隅に何者かの気配を感じて、反射的に指さした。

「あ、あそこ！」

ミートが指さした控室の隅には窓が設置されており、何者かが今まさに、そこから外へ飛び降りようとしていたのだ。惜しいことに、はためくカーテンに隠れて、その姿をはっきりと捉えることはできない。

カーテンに隠れた何者かが、窓から外へ飛び降りた。

「野郎っ……逃すか！」

すかさずブラックホールが窓に駆け寄るが、すでに何者かは遠くへ逃げたのか、姿を消していた。

「ちくしょう、逃げ足の速い奴だっ！」

犯人らしき者を見失い、逆上したブラックホールが壁を殴りつける。警備員はペンタゴンの死体を見たショックで泡を吹いて気絶し、ミートも恐怖で全身が震え上がった。

それは今まで味わったことのない、異質なものであった。

ミートは絞り出すような声で叫んだ。

「さ、殺人事件だ。これは、超人による殺人事件……超人殺人だ――っ!!」

3

事件現場となった四次元殺法コンビの控室では、死体の第一発見者である、ブラックホール、ミート、警備員による現場検証が行われていた。

「あの……本当に超人警察を呼ばなくていいんですか?」

警備員がおそるおそる、腕を組んで佇《たたず》むブラックホールに訊ねる。

「当たり前だっ! 相棒が殺されたんだ、仇はオレ自身の手でとるッ! 超人警察などに介入させてたまるかっ!」

ブラックホールが声を荒らげると、警備員は「ヒィッ」と叫んで後ずさりした。

「たしかに……試合開始まで、まだ時間はあります。それまでは騒ぎを大きくしない方がいいかもしれません」とミートがメガネに手を当てた。

「ムヒョヒョ……あちきがいない間に、大変なことになってたようだわさ」

ミートに呼び出されたキン骨マンが、頭の後ろで腕を組み、壁にもたれている。さきほどの商売で相当稼いだらしい。ベルトには札束が入った封筒が挟まれていた。

ミートは改めて、ペンタゴンの死体を観察した。美しい真っ白の肉体が、逆さになった大の字となり床に突き刺さっている。顔面は完全に床にめり込んでいるため、確認することはできないが、背中に生えた翼からも分かるように、正義超人ペンタゴンに間違いなかった。

「死体の状況からペンタゴンは、パイルドライバーのような頭部を床に直撃させる技をかけられて、殺害されたようですね」

冷静に分析をするミートに、ブラックホールがイライラとした口調で訊ねた。

「……ミート、さっきから何を丁寧に観察している？　犯人はオレたちの対戦相手である、宇宙一凶悪コンビに決まってるじゃないかっ？」

ミートはブラックホールに視線を合わせないまま話した。

「ええ、たしかに。普通に考えたら、そうなりますすね」

「なら、とっとと奴らの控室に行こうじゃないかっ！　こうなったら、もう試合なんて関係ない……二人まとめてオレが制裁を加えてやるっ！」

ブラックホールが拳《こぶし》を握りしめた。真っ赤なグローブがギリギリと音を立てる。

今にも控室を飛び出そうとしているブラックホールを、ミートが呼び止めた。

「……ブラックホール。ちなみにあなたは、ボクたちが控室の前で衝撃音を聞いた時、

——つまり、ペンタゴンが殺された時、どこにいましたか？」

「なにぃっ？」

ミートの不意の質問に、嫌悪感を露わにするブラックホール。

「お前……まさか、オレを疑っているのか？　オレは試合前に小腹《こばら》が空いたから、腹ごしらえをしようと、控室を出ていたんだ」

「試合前に？　ずいぶん余裕ですね。普通は念入りにウォーミングアップをしたり、対戦相手の対策を練ったりするんじゃないんですか？」

ミートはさらに突っかかった。ブラックホールが両手を広げて「カカカッ」と笑う。

「たしかに宇宙一凶悪コンビは残虐超人界では名の知れたタッグだが、それでも我々の敵ではないからな。奴らも今回の試合で勝ち目がないと悟ったからこそ、こうして試合前に闇討ちしたに違いないっ！」

疑いの目を向けるミートを、ブラックホールが一蹴する。

「あちきも、宇宙一凶悪コンビのズルさはよ〜く覚えているわいな。あいつらは、勝つためだったら、どんな汚い手段でも平気でする卑怯者だわさっ」

キン肉マンのアメリカ遠征時代、スカル・ボーズたちと手を組んだこともあるキン骨マンが、かつての仲間を好き放題に罵《ののし》る。

「はあ……あの時はあなただってグルだったじゃないですか。いや、そんなことよりボクは、どうも今回の事件は宇宙一凶悪コンビの仕業とは思えないのです」

「……なんだと？」

ブラックホールが首を傾げた。ミートは意を決して、自分の考えを口にした。

「妙だとは思いませんか？　宇宙一凶悪コンビが犯人なら、どうして彼らはペンタゴンが一人だけだったということが分かったのでしょうか？　もし、控室にブラックホールがいたら格上を相手に二対二になってしまうんですよ。それなら闇討ちになりません」

「たしかに……だわさ」

ミートの言葉に誰も反論できなかった。

「なるほど、それでオレを疑っているのか」

ブラックホールがミートを睨む。彼の顔に目があれば、きっと怒りに満ちていただろう。代わりに、不気味に空いた大穴が、後方にある景色をぐにゃりと歪《ゆが》ませていた。

「これ以上の侮辱は許さんぞ……いいか、事件があった時、オレはこの部屋にいなかったということを忘れるなっ！」

逆上するブラックホールに、ミートは冷静に言い放った。

「でも……あなたって、瞬間移動ができますよね？」

「………」

控室が静まり返った。警備員が眉をひそめながらブラックホールを見つめる。

「えっ、この人、瞬間移動できるんですか？　じゃあ、絶対犯人じゃないですか……」

「ちがうっ!!」とブラックホールが叫んだ。

「なんで、もっと早く言わないんだわさ？　真面目に推理したのがバカみたいだわさ」

「勝手に決めるなっ!!」とブラックホールが地団駄《じだんだ》を踏む。

異次元超人ブラックホールが奇抜なのは、何も外見だけではない。むしろ、その能力こそが、彼を異端たらしめる要因となっている。

彼の代名詞とされる必殺技といえば、顔面に空いた大穴から対戦相手を吸い込み、四次元空間に送り込む〈吸引《きゅういん》ブラックホール〉だが、他にもたくさんの能力を持っている。

たとえば、彼の数ある特殊能力の一つに、遠く離れた場所にも瞬時に移動できる〈ロケーションムーブ〉というものがある。これによって、今回の事件はもちろん、世の密室トリックは全てブラックホールの仕業で説明ができてしまうのだ。

「それだけじゃ、ありません。あなたは自身の体を影のように薄くして、床や壁を這うことができますよね。それなら、ドアの隙間を抜けたり、空調のダクトを通じて外へ出たりと、控室を脱出する方法はいくらでもあります」

ミートはさらなる控室の脱出方法を提示した。

「つまり……たとえ、犯行時刻直後にあなたが控室の中にいなかったとしても、それがあなたの潔白を証明することになんて全くならないんですっ！」

控室は沈黙に包まれた。キン骨マンが小さな声で「絶対犯人じゃん」とこぼす。

ブラックホールは相棒を殺された悲劇の超人から一転、相棒を殺した悪魔との疑惑をかけられた。しかし、周囲の視線を跳ね返すように「カーカッカッカ」と笑った。

「相棒を殺されて傷心気味の被害者をいきなり犯人扱いか、ミート？　まったく正義超人というのは悪魔よりも心がないな……」

怒りで小刻みに震えるブラックホールが、ミートに向かって叫ぶ。

「お前は忘れてないか？　みんなでこの控室に入った時に、何者かが窓から逃げていったことを！　あれはどう説明するつもりだ？　犯人はどう考えてもあいつだろっ！」

ブラックホールの主張に警備員が頷く。

「そうでした……私、ミート君、ブラックホール選手の三人で、窓から逃げていく犯人らしき超人をハッキリと目撃しています！　あれは瞬間移動では説明がつきませんっ！」

再び、ブラックホールに同情の視線が向けられる。そこでミートが口を開いた。

「でも……ブラックホールは影分身をすることができます」

「じゃあ、もう犯人だわさっ!!」

堪《たま》らずキン骨マンが叫んだ。

ブラックホールの数ある能力の一つで、〈影分身《セパレートシャドウ》〉と呼ばれるものがある。名前の通り、自分の影を分裂させて実体を持たせ、自在に操ることができるのだ。

ミートは犯人らしき者が隠れていた窓に近寄ると、外を覗いてみた。周囲にはオフィスビルが建ち並び、遠くには当時まだ建設中だった東京ドームが見える。

「やはり、妙ですよ。ブラックホールほどの実力者が、こんな見晴らしがいい窓から、犯人を簡単に見失うなんて。あの超人は逃げ去ったんじゃなくて、あなたが能力を解除したことで、消え去ったんじゃないんですか？」

「ぐっ……知るかっ！　オレは分身など作っていない！」

ブラックホールの顔に汗が浮かぶ。控室に重たい空気が流れた。

キン骨マンがミートにそっと近寄ると、ひそひそと耳打ちをする。

「ミート、どういうことだわさ？　本当にブラックホールが犯人なのか？　さっきからこの状況、めちゃくちゃ気まずいだわさ……」

「ええ、間違いなく犯人はブラックホールでしょう」

「ムヒョッ……!?」

思わず大声を上げそうになったキン骨マンが、慌てて自分の口を塞《ふさ》ぐ。

「問題は証拠です。いくらブラックホールが何でもありの超人とはいえ、証拠もないのに罪を認めさせることはできません」

ミートは小声で応えると、控室の中を注意深く観察した。

天井と壁は真っ白で、床はグレーで薄手のカーペットが敷き詰められている。鏡台やテーブルにパイプ椅子など、一通りの備品が揃っているが、なぜだか違和感を覚える。

「そういえば、カップがありませんね」

テーブルに置かれている物に目を通したミートが呟いた。

「カップだと?」

ブラックホールが不機嫌な口調で聞き返す。

「ええ。テーブルにはポットやインスタントコーヒーが揃っているのに、カップが見当たらないんですよ。なぜでしょうか?」

「さあな。それが大事なことだとは思わんが」

ブラックホールが興味なさそうに顔を逸らす。その挙動を不審に思ったミートが床を見ると、予想通りカーペットにはコーヒーをこぼしたようなシミができていた。

（なるほど、そういうことか……）

ミートがキン骨マンに耳打ちをする。

「キン骨マン……事件の全貌が少しずつ見えてきました。ところで、気になるのはブラックホールが、相棒を殺した動機です。情報通のあなたなら、何か知ってませんか？」

キン骨マンが「ウーム」と考え込む。それから少しの間を置いて、ポンと手を打った。

「動機なら……あるぞ！　四次元殺法コンビは最近、不仲説があって、コンビ解消が噂されていたんだわさ！」

「コンビ解消？」

「なんでもブラックホールが、同じ悪魔超人のプラネットマンを新たな相棒に選ぼうとしているとか……そんなこんなで、ペンタゴンとは揉《も》めていたらしいんだわさ」

「なるほど、ということは……あれ？　ま、まてよ」

ミートの中で、バラバラだったパズルのピースが次々と一つに繋がっていく。

だが、全てのピースが埋まっても、なぜだかパズルが完成した気がしない。

その時、とうとうブラックホールの怒りが爆発した。

「お前ら、いつまで探偵ごっこみたいなことをしてるんだっ!!　オレは相棒を失った怒りで、どうにかなりそうなんだ……とっとと出てってくれ――っ!!」

今にも暴れ出しそうなブラックホールの迫力を前に、キン骨マンが「ヒエェ～ッ」と叫びながら逃げていく。しかし、ミートだけは、その場から動かなかった。

「ミートよ、あくまでお前は、オレが犯人だと疑っているんだな?」

ブラックホールが、呆れたように深いため息をついた。ミートがゆっくりと頷く。

「もし、あなたがただの超人なら、真っ先に第三者の犯行を疑うべきでしょう。ただ、あなたはあまりにも……あまりにも、何でもでき過ぎてしまうのです!」

ミートは自分の考えをはっきりと口にした。

「つまり、あなたがその気になれば、この世にできない犯罪なんてないんです!」

しばしの沈黙の後、漆黒の超人がカカカッと笑った。

「フッ、なんて乱暴な理論だ。たとえば……この世に、呪いや超能力で離れた場所から簡単に人を殺すことができる者がいるとしよう。だからといって、この世の全ての殺人をそいつの仕業にするつもりか?　オレがどんなに犯罪に適した超人だとしても、オレを犯人扱いするには、オレがペンタゴンを殺したという証拠を出さねばならんぞっ!」

ブラックホールがミートに向かって、人差し指を突き出した。

「グ……グムーッ」

ミートが悔しげに歯を食いしばる。

たとえブラックホールが犯人なのが明らかでも、能力を使ったという証拠を掴まない限り、犯行を認めさせることはできない。

しかし、今の発言はある意味、ブラックホールがこの事件に関わっていることを認めているようなものだった。ミートはそれを犯人からの挑戦状と受け取った。

「んっ？」

ミートはブラックホールのグローブの裾に、何かが挟まっているのを目撃した。

――それは、ペンタゴンの羽根だった。

ブラックホールの赤いグローブ、その裾の中に、ペンタゴンの白い羽根が挟まり、ゆらゆらと揺れながら、垂れ下がっているのだ。

その瞬間、ミートの頭の中で完成していたパズルが――ひっくりかえった！

「そうか……そういうことだったのか！」

ミートの脳に稲妻が走る。

「今回の超人殺人……その謎は全て解けました！」

ミートは力強く叫んだ。その場にいる全員が、小さな探偵に釘付けとなる。

正義超人界一の頭脳と謳《うた》われたミートが、ついに事件の真相に辿り着いた。

果たして、犯人はブラックホールなのか？

その場合、彼が能力を駆使した証拠はあったのか？

今、解決編のゴングが鳴った!!

4

ミートとブラックホールが向かい合った。

キン骨マンと警備員が離れたところから、二人の対決を見守る。

「ブラックホール……やはり、ペンタゴンを殺したのは、あなたしか考えられません」

単刀直入にミートは切り出した。ブラックホールが不敵に笑う。

「カッカッカッ……まだ、そんなこと言ってるのか」

ミートはブラックホールの顔を静かに見つめた。異次元に繋がる顔面の穴は、真実すらも呑み込んでしまいそうだった。

「この世にあなたほど、犯罪に適した能力を持った超人はいないかもしれません。先ほども話しましたが、あなたは反則ともいえる、様々な特殊能力を駆使して、ペンタゴン殺害を第三者の犯行に見せかけたのです！」

　他の三人が固唾《かたず》を呑んだ。いよいよ、ミートの推理が始める。

「順を追って説明しましょう。まず、あなたがペンタゴンを殺したということは、犯行時刻、自動的にあなたはこの控室にいたということになります」

「そうなるわいな」とキン骨マンが頷く。

「あなたは控室の中でペンタゴンと口論になり、とっさに危険な角度からパイルドライバーをかけて殺害してしまった。そして、衝撃音を聞いてボクたちが駆けつけるまでの間、自分が疑われないように、いくつかの能力を発動しました」

　ブラックホールは、ミートの推理に口を挟まずに黙っている。目の前の探偵が真相に辿り着いているのか見極めているようだった。

「一つ目の能力は、床にぶちまけたコーヒーを吸い込むため、あなたの代名詞でもある、吸引ブラックホールを使いました」

「なんだって……？」

　キン骨マンは目を丸くした。

「おそらく、ペンタゴンを殺害する時に、コーヒーが注がれた二つのカップを床にぶちまけてしまったのではないでしょうか？　カップは粉々に割れて、コーヒーも床に広がってしまった。後々、割れたカップが二人分だったことが判れば、ペンタゴンが死ぬ直前、控室には二人の超人がいたということになる。そうなると、事件発生時刻に控室を抜けていたというブラックホールの証言が嘘だとバレてしまう可能性があります」

「あ、ああ〜〜っ」

合点がいったのか、キン骨マンが手を打ちながら、何度も頷く。

「あなたは吸引ブラックホールを使って、床に散らばったカップの破片や、コーヒーそのものを吸い込んだ。しかし、カーペットにできたシミまでは吸い込むことができなかった！　そのため、カーペットには不自然にシミだけが残されてしまったのです！」

ミートの指摘にほんの少しだけ、ブラックホールの表情が曇った。

「それから、あなたは影分身を作って、窓際に待機させると、瞬間移動を使って控室から脱出しました。一方、控室の外では衝撃音を聞いたボクと警備員さんが騒いでました。ボクたちの後方にワープしたあなたは、何食わぬ顔でボクたちと合流……そして、全員で控室に入ると、窓際に待機させていた影分身を、あたかもペンタゴンを襲撃した侵入者のように印象付けて、逃したのです！」

「な、なんでもありすぎるだわさ……」

カタカタと全身を震わせながら、唖然とするキン骨マン。

「思えば、窓から逃げる超人を見つけた時、誰よりも早く窓に駆けつけたのはブラックホールでした。あれは、自分の体で窓を塞ぐことによって、逃した分身を影に戻すところを見せないためだったんです」

ミートは黙秘を続けるブラックホールを指さした。

「吸引ブラックホール、瞬間移動、影分身……以上、三つの特殊能力を駆使して、あなたはペンタゴン殺しを、第三者の犯行に見せかけたんだ！」

それまで、腕を組んで仁王立ちをしていたブラックホールは、組んだ腕をほどくと、ゆっくりと拍手をし始めた。ぱちぱちと手を叩く音が控室に響く。

「なるほど、面白い……実に面白いが、所詮《しょせん》はお前の妄想に過ぎない」

ブラックホールはいちいち反論などせず、開き直った。

「たしかにオレなら、お前の言う方法で犯行が可能だろう。だが、それは……犯行が可能であるということに過ぎないのだ！　さっきのオレの話を忘れたか？　オレを犯人呼ばわりするなら、オレが能力を使ったという証拠を見せなければならんぞっ！」

勝ち誇るブラックホールに対して、ミートが恐るべき一言を放った。

「……証拠ならあります。あなたが事件発生時、この控室にいたという証拠が！」

「な、なにっ？」

ブラックホールが思わず身構える。しかし、ミートの口から出た言葉は、拍子抜けするほど、ささやかなことであった。

「あなたは犯行時刻に控室にいなかった理由を、小腹が空いていたからと言ってましたね？」

「え？　あ、ああ……それがどうした？」

「まさか、あなたは試合開始前に、この後楽園球場から出て、どこかへ外食しに行ってたんですか？」

「そんなわけないだろう。いくらオレが瞬間移動ができるとはいえ、軽食だったら、球場内の売店に行けばすむ話だ。そして、その帰りにお前たちと合流して……」

ブラックホールは気づかぬうちに、自ら急所を晒した。ミートがすかさず、そこを刺す。

「それは、絶対にあり得ません。球場内の商品は軽食からグッズに至るまで、全てキン骨マンが買い占めていたんです！」

「なにぃッ!?」

ブラックホールが驚愕の叫び声を上げた。

「す……全てっ!?　なぜだっ!?　どうして、そんなことを……!?」

「売店の商品を買い占めて、それを高額で販売するためです」

「!?　……そ、そんなの他の人からしたら、迷惑すぎるじゃないかっ!?」

悪魔超人であるブラックホールが、キン骨マンに軽蔑の視線を送る。キン骨マンは「ムヒョヒョ」と頭を掻きながら照れ笑いを浮かべた。

ミートは動揺するブラックホールに向き合うように、一歩前に出た。

「あなたが本当に犯行時刻に控室を出ていたなら……自らの足で売店に向かっていたなら……キン骨マンがやったことを知らないわけがないんですっ！　ペンタゴンが死んだ時、あなたはまちがいなく犯行現場にいました。そして、瞬間移動でボクたちのわずか後方に回り込んだだけだったんですっ！」

ブラックホールが、がくりと体勢を崩した。それは犯行を認めたと同義であった。

片膝を立てたまま、虚空を見つめるブラックホールに、キン骨マンが近寄り、おそるおそる動機を訊ねる。

「どうして、こんなことをしたんだわさ？　コンビ不仲説は本当だったのか？　お前は新しいコンビを結成するため、用済みになったペンタゴンを……」

キン骨マンが躊躇した言葉の続きを、ブラックホールが口にした。

「ああ、そうだ。私がペンタゴンを殺した」

「ちがいます」

すぐさまミートが、ブラックホールの言葉を否定した。

「ブラックホールが自身の能力を駆使して超人を殺した……この事件は、そんな単純なものじゃありません」

その場にいる全員の視線が、ミートに集中する。

「ど、どういうことだわさ？」

これにて一件落着と思い込んでいたキン骨マンが、困惑の表情を浮かべる。

「ですから、ブラックホールはペンタゴンを殺したんじゃありません」

「ムヒョッ……!?　しかし、たった今、それを証明したばかりじゃ……」

訳が分からず、キン骨マンが両手をばたつかせた。

ミートは、数奇なるこの超人殺人の真相を語った。

「この超人殺人は、殺されたペンタゴンが仕組んだものだったのです」

5

「ミ、ミート……今、なんて言っただわさ？」

キン骨マンは、ミートの言っている意味が分からなかった。

「ですから、この事件を仕組んだのはペンタゴンだったんです」

「ど、どういうことだわさ!?　殺されたペンタゴンが……黒幕ってことなのか!?」

膝を立てたまま項垂《うなだ》れていたブラックホールがぴくりと反応する。不思議なことに、自分を犯人と言われた時よりも、動揺しているようだった。

「ブラックホール……あなたは最悪の場合、この事件の犯人だとしても構わないと思っていましたね。あなたが守りたかったのは己の無実ではなく、ペンタゴンの名誉だった」

ミートはブラックホールに近寄ると、真っ赤なグローブに挟まった真っ白の羽根を抜き取った。

「気づかなかったようですが、あなたのグローブの裾の中に、ペンタゴンの羽根が挟まっていました」

白い羽根をつまんで、ひらひらさせるミート。ブラックホールの顔が青ざめる。

「ペンタゴンの死因はパイルドライバー……ブラックホールがペンタゴンにパイルドライバーをかけた場合、両腕は相手の腰にぐるりと回すことになります！　この体勢だとブラックホールのグローブの裾はピッタリと閉じることになるので、羽根が入ることはあり得ないのです！」

「ム、ムヒョヒョ……つまり、どういうことなんだわさ?」

ミートの説明を受けても、キン骨マンは意味が分からず、頭を抱える。

「では……お互いの体勢が逆だったなら、どうでしょう？　ペンタゴンがブラックホールにパイルドライバーをかけた場合、逆さになったブラックホールの両腕は軽くバンザイをするように、くの字に曲がっていたはずです。この体勢なら、ブラックホールのグローブの裾に羽根が入り込む隙間ができるのです！」

まるで話が見えず、キン骨マンが髪を掻きむしる。

「ペ、ペンタゴンがブラックホールにパイルドライバーをかけたぁ？　どういうことだわさ？　それなら死ぬのは、ブラックホールになるはずだわさぁ〜〜っ!?」

「ええ。真相はこうです。まず、ペンタゴンがブラックホールに不意打ちでパイルドライバーをかけます。そして、技が炸裂する寸前に、彼は自身の能力〈クロノス・チェンジ〉によって、お互いの体勢を入れ替えたのです！　……すると、殺されかけていたブラックホールが、たちまちペンタゴンを殺すことになります！　ペ、ペ、ペンタゴンは、ブ、ブ、ブラックホ、ホ、ホール、ル、ルに、じ、自分自身を殺、殺、殺させ、させた……これが、この超人殺人の真相です！」

衝撃の事実を前に、その場にいる誰もが言葉を失った。

ブラックホールのパートナーであるペンタゴンもまた、多彩な能力の持ち主だった。〈クロノス・チェンジ〉という能力は、本来は相手にかけられた技を瞬時に体勢を入れ替えることで、そのまま返す技だが……自分が技をかけた時に使用すれば、相手にその技をかけさせることもできる。

パズルはピースを揃えても完成ではなかった。完成させた後、ひっくり返す必要があったのだ！

ミートによって、全てを見抜かれたブラックホールがよろよろと立ち上がる。

「さすがは正義超人界一の頭脳の持ち主……全部、お前の言った通りさ」

ブラックホールは、今も床に突き刺さったままのペンタゴンの死体を見つめた。

「オレはあることが理由で、ペンタゴンにコンビを解消しようと告げたが、相棒はそれを頑《かたく》なに拒否した。最近は押し問答が続き、世間で不仲説が噂されるほどだった」

「あること？」

「………………」

ミートの言葉に敢《あ》えて、ブラックホールは答えなかった。

四次元殺法コンビは、正義超人と悪魔超人の混合コンビ。ブラックホールは主である悪《あく》魔将軍《ましょうぐん》から、近いうちに正義・悪魔・完璧の三勢力による抗争が起こるため、正義超人との関わりを断つように命じられていたのだ。

そのため、苦渋《くじゅう》の思いでペンタゴンに「他の超人とコンビを組む」などという嘘をつき、コンビ解消を迫ったのだった。

「ちょっと待った……それならペンタゴンが、コンビ解消を突きつけてきたブラックホールを殺そうとするのが自然じゃないか？　どうして、わざわざ自分を殺させようなんて真似をしたんだわさ？」

キン骨マンの疑問に、ミートが答えた。

「おそらくペンタゴンは……ブラックホールに〈相方殺し〉の汚名を着せようとしたのだと思います」

「あ、相方殺しぃ〜っ？」

「ペンタゴンは長年続けたコンビを、突然解消しようとするブラックホールが許せなかった。そこで、ブラックホールに自分を殺させる計画を思いついたんです。〈相方殺し〉の汚名を着せれば、もうこの世でブラックホールとコンビを組みたがる超人は永遠にいなくなると計算して……」

「は、発想が怖すぎるだわさ……」

ブラックホールが切なげな表情で、床に散らばるペンタゴンの羽根を拾い上げた。

ペンタゴンにパイルドライバーをかけられた時、ブラックホールは抵抗するどころか、指一本動かすことができなかった。ペンタゴンの能力〈ストップ・ザ・タイム〉により、体の自由を奪われていたのだ。そして、そのまま〈クロノス・チェンジ〉により、体勢を入れ替えられ、パートナーを自らの手で殺《あや》めてしまった。そして、一人残されたブラックホールは、相棒の名誉のためにも、この事件がペンタゴンの自作自演とバレないよう、第三者による犯行をでっち上げようとしたのだった。

「オレは……オレは間違っていたぁ――っ!! こんなことになるなら、コンビ解消の理由をはぐらかしたりせず、全てを打ち明けるべきだったんだぁ――っ!!」

ブラックホールが泣き崩れた。

窓の外から一陣の風が吹き、室内に散らばる白い羽根が舞い上がる。しばらく、空中を漂った羽根は、うずくまるブラックホールの上に、ひらひらと落ちていった。

こうして、奇妙なる超人殺人事件の幕が降りた。

その日の夜。ミートとキン骨マンは、駅前の屋台でおでんを食べながら、今日という一日を振り返っていた。

「それにしても、すごいじゃないかミート。よく、事件の黒幕がペンタゴンだということに気づいたわいなぁ～」

キン骨マンが、熱々《あつあつ》のこんにゃくに、フーフーッと息を吹きかける。

「いいえ。ただブラックホールが犯人だっただけなら、彼には、ありとあらゆる手段があったはずです。だからボクにはブラックホールが、何者かの意思に翻弄されて追い詰められているような……ある意味では、被害者のように見えたんです」

ちくわをかじるミートの言葉に、キン骨マンは「ふ～ん」と頷いた。

「つまり、今回の事件はクロ《犯人》だと思われたブラックホールが、シロ《無実》に裏返ったってことか。ムヒョヒョ～ッ」

キン骨マンの言葉を無視して、ミートは話題を変えた。

「それよりも結局、王子の行方は何一つ掴めませんでしたね」

「ムヒョッ、そうだった……すっかり忘れてたわいな！」

「ちょ……ちょっと、少しはマジメになってくださいよっ！　だいたい、あなたが言うから、超人レスリングを観に行ったのに、勝手におかしな商売を始めて……」

「き、聞き捨てならないだわさっ……革新的なビジネスと呼んで欲しいだわさっ！」

それから、おでん屋の店主に追い出されるまでの間、二人は罵り合い続けた。

失踪したキン肉マンに、超人による殺人事件。

超人界で今、何かが起き始めていた。

事件Ⅱ

登場人物紹介

ティーパックマン

紅茶を吸って硬くなった
ティーパックを相手に
叩きつける。

カナディアンマン

正義超人のなかでも
トップクラスの超人強度
100万パワーを誇る。

スペシャルマン

アメフト選手の
ような姿をしており、
タックルが得意。

ベンキマン

体にある便器に
相手を放り込み、
流してしまう。

タイルマン

全身が
タイルになっている
巨漢の超人。

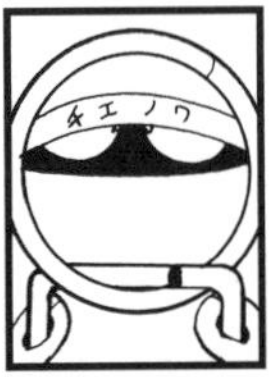

チエの輪マン

自身の知恵の輪を
解かれることは
敗北を意味する。

事件Ⅱ

蘇った被害者

1

公園内にある薄暗い公衆トイレで、とある超人《ちょうじん》が鼻歌を歌いながら用を足していた。

「コポコポ〜ッ、日本では紅茶よりコーヒーの方が人気がありそうだなぁ」

人間の頭部をそのまま巨大なティーカップにすげ変えたような異形の男の名は――スリランカ代表の正義超人・ティーパックマンである。

「ここは、第21回超人オリンピック・ファイナリストである、このティーパックマンが紅茶を広めるため、日本を茶葉漬けにしてやる〜〜っ!」

日本に紅茶ブームを巻き起こすことを己に誓い、頭上の紅茶が熱《あつ》く煮えたぎった。

そんなティーパックマンの背後から、〈犯人〉が忍び寄る。

(相変わらず、偉そうに……)

犯人は心の中で舌打ちをしながら、ティーパックマンを背後から急襲した。

「コポポッ!? 何をするキサマッ!?」

犯人の気配に全く気づけなかったティーパックマンは、あっという間に体を持ち上げられ、犯人の両肩に背中を乗せられる形となった。

背骨折りの体勢だった。

犯人はそのまま一気に、ティーパックマンの体を二つに折った。

「ウギャァァ────ッ!!」

ティーパックマンの割れた腹から、鮮血が噴き出す。

「馬鹿な……第21回超人オリンピック・ファイナリストである、このオレがっ!?」

それが紅茶の貴人、最期の言葉となった。

2

四次元殺法コンビによる悲劇の殺人事件の翌日。

ミートとキン骨《こつ》マンは、渋谷《しぶや》区にある代々木《よよぎ》公園に来ていた。

ケヤキ並木が続く、広々とした自然公園の中でミートが深呼吸する。

「それにしても、キン骨マン。こんな超人レスラーには無縁そうな長閑《のどか》な公園に、王子の行方に繋がる手がかりがあるんでしょうか?」

ミートの言葉に、キン骨マンは自信満々に答えた。

「ムヒョヒョ……安心するわいな、ミート。今日はこの公園で、全国の超人たちが集まるビッグイベントがあるんだわさ」

「ビッグイベント？」

キン骨マンは前方を指さした。

並木道の先――噴水やベンチが設置された広場では、キッチンカーや出店のテントが並び、たくさんの人々で賑わっていた。

「何かのお祭りでしょうか？」

アーチ状のゲートを見上げると、〈正義超人ふれあいフェスティバル〉と書かれた横断幕がかかっている。ミートが「そうか」と手を打った。

「超人が集まるのは何もリング上だけとは限らないっ」

キン骨マンがこくりと頷いた。

「昨日は、『超人レスラーとしての血が騒ぎ、試合を観に来るはず』なんて高尚な予想を立てたが……よくよく考えたら奴はこういう、ゆるいイベントで羽を伸ばしてる方が、しっくりくるだわさ」

「あ、あり得ますっ」

ミートは、キン骨マンの鋭い読みに感心した。

広場には超人の出身国に因《ちな》んだご当地グルメや、ワークショップのテントがずらりと並び、ちびっ子たちが超人たちと触れ合うためのリングまで設置されている。しかし、肝心の超人の姿がどこにも見えない。

「んっ？」

広場を見回していたミートが、ようやく超人の姿をその目に捉えた。

身長2メートル60センチはありそうな、赤い巨人がこちらに向かって歩いてくる。なぜか落ち着きのない表情で早歩きなのが、ミートは気になった。

「お久しぶりですっ。今日はこのイベントに参加してるんですか？」

ミートに声をかけられた超人は、嬉しさと困惑が入り混じったような絶妙な表情で立ち止まった。

「おお、ミートじゃないか。それにキン骨マンまで……どうしたんだ、お前ら？」

屈強な体に、赤と白のみの美しいカラーリング。額に付けられた楓《メイプルリーフ》を象《かたど》ったレリーフ。カナダ代表の正義超人・カナディアンマンが、ミートとキン骨マンを不思議そうに眺めた。

「ボクたちは、〈正義超人ふれあいフェスティバル〉を観に来たんです。ただ、なぜかどこにも超人が見当たらなくて……」

ミートの言葉に、カナディアンマンは両手を腰に当てて笑った。

「ハッハッハッ。そりゃ、今がちょうど超人たちの休憩時間だからさ。ついさっきまでオレも、リングの上で大勢の子どもを相手に相撲をしていて、大忙しだったんだぜ」

「ムヒョ〜、そういうことか。ところで、他にはどんな超人が来てるんだわさ？」

キン骨マンが訊ねると、カナディアンマンは指を折りながら参加超人の名を挙げる。

「えっと、まずオレだろ。それに、スペシャルマンにティーパックマン、ベンキマンにタイルマンに……あとチエの輪《わ》マンの六人だな」

「ムヒョッ!?　そ、それだけ!?　なんか、マイナー超人ばかりだわさ……」

てっきり、テリーマンやロビンマスクといったアイドル超人が参加するとばかり思っていたキン骨マンは、がっくりと肩を落とした。本当は、アイドル超人たちにサインを書いてもらい、その色紙をファンに高く売りつけようと考えていたのだ。

「失礼な奴だな。こう見えてもオレは、第20回超人オリンピックのファイナリストなんだぞ！　親友のスペシャルマンと共に、あの〈宇宙超人タッグ・トーナメント〉にも出場した経験がある強豪超人なんだからな！」

カナディアンマンが声を荒らげて反論した。

ミートは（はぐれ悪魔超人コンビの乱入で、出場権を奪われたタッグ・トーナメントは、キャリアに入れていいのか？）と心の中で思ったが、不毛な争いを避けるため話題を変える。

「ところでカナディアンマン、何か急いでるようでしたが、どこへ行くつもりだったんですか?」

ミートの言葉で、カナディアンマンの顔がみるみる険《けわ》しくなる。

「やばい、思い出した……トイレに行くんだよ、トイレ!」

「トイレ? それなら反対方向だわさ」

キン骨マンが近くにある立て札を指さした。そこには、公園内のトイレの方角が示されている。公園内のトイレは、広場の奥側――つまり、カナディアンマンがやって来た方角にあるというのに、なぜかカナディアンマンはその逆、ミートたちが通って来た公園の出口側に向かおうとしていた。

ミートが首を傾げると、前屈《かが》みになりながらカナディアンマンがその疑問に答えた。

「公園のトイレは和式なんだよっ! オレは日本のクラシカルなトイレが大っ嫌いなんだ……だから、駅前の百貨店で綺麗なトイレを借りるつもりなんだ!」

カナディアンマンは「分かったなら、行かせてくれ〜っ」と叫ぶと、すり足のまま、二人の前から去って行った。

「外国の人は、和式が苦手な人も多いですもんね」

ミートはカナディアンマンの背中を見届けると、気持ちを切り替えた。

「とりあえず、会場を散策しましょうか。休憩中の超人を見つけたら、王子の行方を知らないか聞いてみましょうっ」

キン骨マンがこくりと頷く――その時だった。

「ウギャァァ――――ッ!!」

青空が広がる公園のどこかで、何者かが断末魔の悲鳴を上げた。

「ムヒョッ!?」

「あ、あそこです……!!」

ミートは、すかさず声がした方向を指さした。コンクリートの建物が遠くに見える。それは、ケヤキ並木の中に建てられた公衆トイレだった。

「いきましょうっ! 今の悲鳴、只事《ただごと》じゃなさそうですっ!」

一目散に駆けていくミートを、キン骨マンが慌てて追いかける。

公衆トイレに着いたミートは、迷わず男子トイレに入った。断末魔の声は男のものだったし、非常事態とはいえ女子トイレに入るのは勇気がいる。

「はっ!!」

ミートは息を呑んだ。薄暗いトイレの中に超人が倒れている。

奇妙なことにその超人は、異様なほどに背中を反《そ》らせて……全身を二つに折り畳まれたような不自然な体勢で倒れていた。

「ゲ……ゲェ――――ッッ!?」

ミートは絶叫した。

無惨にも背骨を折られて死亡していたのは、このイベントに参加していたはずの正義超人・ティーパックマンだった。

3

園内放送を使い、イベントに参加した超人たちが公衆トイレの前に集められた。

カナディアンマン、スペシャルマン、ベンキマン、タイルマン、チエの輪マンの五人は、キン骨マンからティーパックマンが殺害されたことを聞かされて動揺している。

この事件の〈犯人〉は、何食わぬ顔でその中に溶け込んでいた。

（ククク……私のトリックは完璧！　名探偵でもいない限り、この事件は迷宮入りだ！）

犯人は心の中でほくそ笑むと、事情が呑み込めずに困惑しているフリをした。

「そんな、ティーパックマンが殺されるなんて……」

アメフト選手のようなコスチュームに、V字型のトサカが特徴的な好青年が、青ざめた表情をして俯《うつむ》いている。アメリカ代表の正義超人・スペシャルマンである。

「神聖なるトイレで殺人を行うとは……不届き者めぇ～っ！」

和式便器に手足が生えたような奇抜なボディに、頭にはとぐろを巻いたウンチのようなものを乗せた男——古代インカ帝国の神秘を体現した超人・ベンキマンが静かに憤る。

「誰の仕業か知らないが……無惨に殺された仲間の仇はオレが討つ！」

全身をタイルで覆われた身長3メートルを超える大巨人、フランス代表のタイルマンが、がっしりと腕を組んで闘志を燃やした。

「いいや、謎解きなら私の出番だ！」

自信ありげに拳を振り上げたのは、知恵の輪に手足と目が付いた——超人というよりは〈ゆるキャラ〉に近いデザインをしたノルウェーの賢人《けんじん》・チエの輪《わ》マンだ。

そして、百貨店から無事に戻ってきたばかりのカナディアンマンが、スッキリとした表情で佇《たたず》んでいた。

「全員、集まったようですね」

公衆トイレの中から、ミートが現れた。犯人が思わず「えっ」と驚きの声を漏らす。

（……おいおい、ミートがいるなんて聞いてないぞっ！）

「みなさんを呼び出したのは他でもありません。キン骨マン、説明は済んでますね？」

「ムヒョッ。言われた通り、ティーパックマンが殺されたことをみんなに話しただわさ」

ミートは頷くと、集められた超人を品定めするように一人ずつ眺めた。犯人の心臓がキュッと締め付けられる。

「ミ、ミート……なぜ、君がここに？」

犯人が平静を装いながら訊ねる。

「ボクはたまたま、そこにいるキン骨マンと、このイベントを観に来ていたんです。そして、殺されたティーパックマンの第一発見者となりました」

（なんということだ……よりによって、正義超人界一の頭脳と謳《うた》われるミートが、こんなローカルイベントに来ていたとはっ！　お、落ち着け！　いくら、ミートが聡明といえど、私のトリックは完璧なのだ……）

犯人がそう自分に言い聞かせている間に、招かれざる名探偵は高らかに宣言した。

「ティーパックマンは、何者かにバックブリーカーのような技をかけられて、背骨を折られて殺害されました。殺害方法から犯人は超人であることは間違いありませんっ！　つまり、これは超人による殺人事件……超人殺人です！」

ミートの言葉に周囲がざわついた。探偵は咳払いをすると、話を再開する。

「犯行時刻はちょうど、イベントに参加した超人たちの休憩時間のタイミングでした。それまではみなさん、子どもたちと常にふれ合っていたようですが、休憩中はそれぞれ公園内を散歩したり、噴水を眺めていたりと単独行動をしていたため、全員がアリバイを証明できない状況です」

ミートのすらすらとした説明を聞き、犯人の背筋に冷たいものが走った。

（この流れはマズい……!!）

犯人は部外者——それが、犯人が見せかけたシナリオだった。

それなのに、ミートは早くも、犯人をこの五人の中の一人に絞ろうとしている。

（ここは、怪しまれるのを覚悟で抗議しなくては！）と考えていた、その時。

「ちょ、ちょっと待ったぁ——っ！　それじゃ、まるで……オレたちの誰かがティーパックマンを殺したみたいな言い方じゃないかっ！　おいおいおい〜〜〜っ!?」

カナディアンマンが大声を上げた。自分が疑われているということに対して、大人げなく腹を立てているらしい。犯人は心の中で（ナイス！）と叫んだ。

「残念ながら……この中の誰かが、ティーパックマンを殺害した可能性が高いです」

ミートは冷静に言い放った。

「みなさんが揃うまでの間、このイベントのスタッフにいろいろと聞き込みをしました。まず、公園内に怪しい超人を目撃したスタッフは一人もいませんでした」

「なに……？」

荒ぶっていたカナディアンマンが眉をひそめた。

「公園内にはイベントを運営するスタッフが数十人も会場を駆け回っていました。もし、あなたたち以外の超人を見かけたら『おや？』って思うのが普通ですよね？　そして、ティーパックマンは人気の少ない公衆トイレで殺害されました。これは、ティーパックマンが常飲している紅茶に利尿作用があり、休憩中にトイレに向かうことを知っていた人物――つまり、身内の可能性が高いというわけです」

「グ……グム～～～ッ！　しかし、オレはやってない！　オレはやってないぞ！」

「カナディアンマン、落ち着けって。みんなだって同じ気持ちさ」

犯人は少しでも〈犯人感〉を薄めるため、紳士的な態度でカナディアンマンをなだめた。

もちろん、本当はカナディアンマン以上に激しく動揺しているのだが。

（落ち着けっ！　私のトリックの正体を知るのは、死んだティーパックマンのみだ……！

ミートは、この中の誰かが犯人だということに気づいているが、誰がどうやったかまではわかっていないらしい……だから、容疑者の誰かがボロを出すのを待っているんだ！　その手には乗らんぞっ！）

犯人はこれからの発言には気をつけねば、と口を一文字に結んだ。とはいえ、何も発言しないのも、それはそれで怪しまれる。探偵と犯人の心理戦が始まった。

「分からないのは、犯人がどうやってティーパックマンに忍び寄ったかですね。いくら用を足していた最中とはいえ、超人を背後からバックブリーカーなんて大技で殺害できるものなんでしょうか？」

ミートが顎に手を当てながら「う〜む」と唸った。やはり、まだトリックの正体には気づいてないようで、犯人は心の中で安堵する。

「たしかに……トイレしてる時って、ソワソワしてるせいか、かえって周囲の気配に敏感になったりするよな。オレなんて、小さな虫の動きすら気になってしまうくらいだ」

カナディアンマンの言葉に、他の超人たちは曖昧《あいまい》に頷いた。（それは人によるだろ）と犯人は思ったが、この際、そっちの方が都合が良い。

勝負を仕掛けるなら今だ、と犯人が一歩前に出た。

「ミート、少し考え直してみたらどうだ？　この場にいる超人たちは皆、透明になったり、別の何かに変身したりなんて芸当ができない。ティーパックマンを背後から不意打ちして、なんの抵抗もないまま殺害するなんて不可能だ」

犯人の言葉に、他の超人たちも賛同した。ミートの額に汗が浮かぶ。

このまま、この場にいる誰かの犯行であると証明できなければ、この場にいない超人の犯行説が浮上する。

(そうなれば、こっちのものだ！ 世の中には、瞬間移動ができる超人だって、変身できる超人だっているのだ。犯人候補は無限に増えていく！)

沈黙が続いた。このまま事件は迷宮入りかと思われたその時、会話の輪の外で、一人退屈そうにしていたキン骨マンが呟いた。

「……なんていうか、もうティーパ、、、ックマン、、、、を生き返ら、せた方がか、早く、ないか？」

「えっ!?」

その場にいる全員が驚きの声を上げた。

「どういうことですか？」とミートが訊ねる。

「ムヒョヒョ……いや、ムリに推理しなくても、ティーパックマンを生き返らせて、誰が殺したか訊ねた方が早いと思っただけだわさ」

「ティーパックマンを生き返らせる……？」

荒唐無稽《こうとうむけい》な提案に犯人は愕然とした。反対にミートは、その手があったかと言わんばかりに、勢いよく手を打った。

「そ、そうかぁ〜〜っ!! 超人は己のエネルギー源ともいえる〈超人強度〉を譲渡することで、死者を蘇生させることができる!! ティーパックマンの超人強度は25万パワー!! つまり……ここにいる超人五人が5万パワーずつ差し出せばティーパックマンは蘇り、自分を殺した超人は誰か教えてくれるはずだぁ——っ!!」

雷に打たれたような衝撃が全員に走った。

(……そ、そんなバカなっ!!)

犯人は絶望のあまり叫び出してしまいそうになった。

このままティーパックマンが蘇れば、いとも容易く自分の犯行がバレてしまう。死人に口なしという言葉は、超人界では通用しないのだ。

「あちきは高みの見物とさせてもらうだわさ、ムヒョヒョ〜〜ッ!」

発案者のキン骨マンが、頭の後ろで手を組んで大笑いした。

(こ、この骸骨《がいこつ》野郎〜〜っ!! なんて余計なマネを……!!)

「みなさん、今の話……いかがでしょうか?」

ミートが五人の超人に向かって、ティーパックマン蘇生を打診する。

犯人の顔から血の気が引いていく。ティーパックマンの蘇生は、何がなんでも阻止しなければならない。しかし、蘇生を拒否することは、自らが犯人だと名乗り出るようなものだった。

（ど、どうすれば……!? この状況で拒否はできない……!!）

犯人は自分が疑われないように仕方なく、蘇生に同意した。

「ミート、私は正義超人だ！ たった5万パワーで、仲間が蘇り、事件も解決し、殺人犯という不名誉な疑いが晴れるなら、喜んで協力しようじゃないか！」

ヤケクソになって誰よりも先に名乗りを上げたが、本当は泣きたい気分である。

他の超人たちもどうしたものかと決めあぐねていたが、犯人の勇ましさに心を打たれたのか、スペシャルマンが犯人の肩を摑んだ。

「素晴らしい……君こそ、本物の正義超人だっ！ 少しでも悩んでしまったボクを許してくれ！ ミート、ボクも協力するよ！ みんなだって、そうだろ？ なあ？」

スペシャルマンに続いて、他の超人が次々と超人強度の譲渡に賛同していく。

（バカッ……これはただの演技なんだ!! 真に受けるなぁ〜〜っ!!）

「みなさんのご協力に感謝します。それでは、トイレの中で死んでいるティーパックマンを蘇らせましょう！」

（終わった……!!）

ミートが男子トイレの中に五人の超人を手招きする。犯人が破滅を悟ったその時だった。

「おいおいおいおい〜〜〜〜っ!! オ、オレは嫌だぞぉ――――っ!! どうして、ティーパックマンみたいなウスノロのために、大切な超人強度を渡さないといけないんだぁ――――っ!?」

犯人の隣で、カナディアンマンが叫んだ。その場にいる全員が耳を疑う。

「ど……どうしたんだ、カナディ? たったの5万パワーで疑いが晴れるんだぞ?」

スペシャルマンが心配そうに近寄ると、カナディアンマンは乱暴に手を振って追い返した。

「たったの5万……だと?」

カナディアンマンの大木のような巨体が、小刻みに震える。

「オレの超人強度は正義超人の中でもウォーズマンと並ぶ100万パワー!! それが……それだけがオレのアイデンティティーなんだぁ〜〜っ!! ここで5万パワーを失ったら、その他大勢の超人と同じになってしまうじゃないか!! それだけはイヤだっ!! いいか、オレは1万パワーだって譲る気はないっ!! 絶対に、絶対に協力せんぞぉ〜〜〜〜っ!!」

カナディアンマンの雄叫びが青空にこだました。

他の超人が冷たい視線を送る中、犯人だけがカナディアンマンに抱きつきたくなるほど感謝していた。

（まだだ……まだ、この事件は終わっていないっ!!）

4

犯行現場となった公衆トイレの前で、カナディアンマンが喚き出した。

「悪いが、オレは協力できないっ!!　できない、できないできないい〜〜っ!!」

駄々をこねる子どものように手足をジタバタさせるカナディアンマンに、周囲の超人が軽蔑の視線を送る。その様子を見て、犯人は心の中で舌を出した。

（ありがたいっ!!　これでミートは、トリックを自力で解かなければならなくなったぞ!!）

犯人が安堵していると、スペシャルマンがカナディアンマンを説得し始めた。

「カナディアンマン……ここにいる超人はみんな、アイドル超人と違って超人強度が低い者ばかりだ。ボクですら65万、ベンキマンだって40万、チエの輪マンが30万、タイルマンは20万だ。この中では、君がダントツで超人強度が高いんだぞ。少し大人げないんじゃないか？」

「違う！　超人強度が高いからこそ、譲りたくないんだ！　オレだって、みんなと同じくらいの数字だったら、素直に差し出してたさぁ〜っ！」

カナディアンマンが愛おしそうに自分の体を抱きしめた。目には涙が浮かんでいる。

（こうなったら、テコでも動かないだろう。勝利の女神は私に微笑んだようだ……）

犯人が勝ち誇ったように探偵を見ると、ミートはそっと胸に手を当てた。

「それならば、ボクがカナディアンマンの代わりに5万パワーを出しましょう。ボクだってこれでも、正義超人の端くれですから！」

「えっ？」

犯人が思わず声を漏らす。ミートの超人強度は50万パワー。やろうと思えば、単身でティーパックマンを二度蘇生することができるのだ。絶望的な展開に犯人は膝から崩れ落ちてしまいそうだったが、なんとか踏ん張った。

（ミートの決意は固そうだ……このままではティーパックマンが蘇ってしまう！）

その時、スペシャルマンが首を横に振った。

「いや、それはダメだ。君のような子どもに、そんな危険なことをさせたら、それこそ我々、正義超人の名が廃《すた》る！　そうだろう、みんな？」

願ってもない発言だった。犯人は力強く答える。

「ああ、それに超人強度の譲渡は最終手段にするべきだ。もし、犯人が他にいた場合、超人強度を失った状態で戦うことになってしまうぞ！」

どさくさに紛れて、犯人は自分に有利な理由を付け足した。その一言で、他の超人たちの顔にも迷いが浮かび始めた。ミートもまた、キン肉マン捜索という重要任務の途中で、独断で超人強度を他人に譲っていいのか逡巡している。

（ふう。これで、しばらくはティーパックマンの蘇生を避けられるだろう。しかし、それも時間の問題だ……このままミートが推理を諦めるとは思えない）

犯人は、ここから自分が助かる方法を二つ思いついた。

一つは、みんなの隙をついて、ティーパックマンの死体を処分すること。死体がなければ、蘇生もクソもない……はずだが、この状況でそんなことが可能なのか？

もう一つは、自分以外の犯人をでっち上げること。犯人さえ捕まれば、ティーパックマンの蘇生は必須ではなくなる。問題は誰を犯人に仕立てるかだ。

犯人は、散々喚いたあと気まずそうにしているカナディアンマンを見た。

（どうやら、運命はまだ私に味方してるらしい……カナディアンマンには悪いが、彼に私の罪を被《かぶ》ってもらうとしよう。さりげなく、彼に疑いの目が向くようにするのだ！）

ティーパックマン蘇生が一旦保留となり、状況は振り出しに戻った。

それから、しばらく話していると、犯人の誘導が実ったのか、疑いの目はだんだんとカナディアンマンに向けられるようになった。

「カナディアンマン……それにしても、さっきの慌てようはすごかったな。もしかして、ティーパックマンが蘇ったら、何か都合でも悪かったんじゃないか？」

チエの輪マンが挑発的な態度で手を前にかざした。金属の体がジャラリと擦《こす》れる。

「なんだと、この玩具《おもちゃ》野郎っ!!　お前の体をメープルシロップで、ベトベトにしてやろうかっ!?」

自分を疑う相手を口汚く罵《ののし》るカナディアンマン。その態度が悪かったのか、他の超人もそれぞれ思っていたことを口にし始めた。

「君は事件現場の公衆トイレを利用せず、わざわざトイレを借りに百貨店にまで行ったらしいな。それは、死体の第一発見者になりたくなかったからじゃないか？」

タイルマンが腕を組んだまま呟く。カナディアンマンの声がますます荒くなった。

「ち、ちがうっ！　トイレを借りに百貨店まで行ったのは、公衆トイレには和式便器しかなかったからだ！　オレは和式便器が大っ嫌いなんだ！」

「和式便器の何が悪い！」

すかさず、ベンキマンが突っかかった。

最後はとうとう、スペシャルマンまでもが疑いの目を向けた。

「カナディ……これは言いづらいことだが、ティーパックマンは背骨を折られて死んでいたというじゃないか。これは、君の得意技のカナディアンバックブリーカーにかけられた体勢とそっくりじゃないか？」

ついには、タッグパートナーにまで疑われたカナディアンマン。へなへなと両膝をつき、両手を振って無罪を主張する。

「そ、そんな……オレじゃないっ！　信じてくれぇ〜〜っ！」

「だったら、超人強度を差し出して、ティーパックマンを蘇らせたらいいだわさ」

キン骨マンの忠告に、カナディアンマンは「それも嫌だぁ〜っ！」と首を横に振った。

その時、一部始終を見守っていたミートが、ぴくりと反応した。

「ちょっと待ってください……和式トイレしかなかったって、今言いましたよね？」

ミートは今さらながら、重大な事実に気がついた。

今回の事件は、トイレに向かうカナディアンマンとの出会いから始まった。しかし、そこからすでに、おかしなことが起きていた。

「み、みなさん……すみませんが、男子トイレに入ってください。お見せしたいものがあります」

ミートの一言で、一同は男子トイレへ足を踏み入れた。

体を二つに折られたティーパックマンの死体を目にして、全員の顔から血の気が引く。

茶葉の香りと気品を漂わせる高貴なる超人は、公衆トイレの中で血と異臭に塗《まみ》れて絶命していた。

「むごい……なんて、むごいことをっ!!」

スペシャルマンがティーパックマンの亡骸《なきがら》に合掌《がっしょう》する。

「おい、ミート……オレたちをトイレに集めて、どうしようっていうんだ？」

カナディアンマンが訊ねると、ミートは先ほど気づいた矛盾を口にした。

「あなたは、このトイレには和式トイレしかないと言いましたよね？　ですが、トイレの中をちゃんと見てください」

「はあ？」

カナディアンマンは首を傾げると、他の超人たちとぐるりとトイレを見回した。どこにでもある公衆トイレである。

トイレ内には小便器が三台、その反対側に個室が二つあり、手前側の個室が和式便器、そして、奥側の個室は洋式便器となっていた。

それを見たカナディアンマンが絶叫する。

「そ、そんなっ……!?　オレが来た時は、和式便器しかなかったはずだっ!!　そもそも、個室は一つしかなかったはずなんだ……!!　なのに、なぜ個室が二つに増え、なかったはずの洋式便器が現れたんだぁ――っ!?」

その場にくず折れるカナディアンマンに、スペシャルマンが厳しい視線を送る。

「カナディ……ボクはもう君の言葉が信じられない。本当に君は百貨店に行ったのか？　本当は、ミートたちと出会った後、ケヤキ並木に隠れながら公衆トイレに直行し、ティーパックマンを殺したんじゃないのか？」

「ちがうっ!!　ここに洋式トイレはなかった!!　信じてくれっ……!!」

カナディアンマンが助けを求めるように、他の超人を見回す。

「素直に認めたらどうだ？　見苦しいぞ」

タイルマンが両腕を組んだまま、じろりと睨んだ。

「神聖なトイレを血で汚した罪、償ってもらおうか」

ベンキマンが胴体に付いた便器の取っ手に、手をかける。

「ふん。簡単に解ける謎だったチエ～ッ」

チエの輪マンが肩をすくめると、金属の体がジャラリと鳴った。

その様子を眺めていたミートは「アッ」と短く声を上げた。

――そうか。そういうことだったのか！

疑心暗鬼となったトイレ内で、犯人は笑いを堪《こら》えるのに必死だった。

自分への疑いがそれただけではなく、まんまとカナディアンマンが身代わりになって捕まってくれそうであった。

(勝った……!!)

犯人が心の中で勝利宣言をした時、ミートが「待った！」と叫んだ。

ミートの脳に稲妻が走る。

「……今回の超人殺人、その謎は全て解けました！」

正義超人界一の頭脳と謳われたミートが、ついに真相に辿り着いた。

カナディアンマンがトイレに入った時には、なぜ個室は一つだけだったのか？

ティーパックマンを殺した犯人は誰なのか？

今、解決編のゴングが鳴った!!

5

公衆トイレの中で、ミートとキン骨マン、そして容疑者であるカナディアンマン、スペシャルマン、ベンキマン、タイルマン、チエの輪マンが、お互いの顔を見合わせた。

「ムヒョヒョッ、なんだ結局、自力で犯人が分かったのか、ミート?」

キン骨マンの言葉にミートは力強く頷いた。

「ええ。ティーパックマンを殺した犯人は、やはりこの中にいます!」

その場にいる超人たちがざわついた。犯人として疑われていたカナディアンマンは、「オ、オレじゃないぞっ!」と泣きそうな顔で両手を振る。

犯人はミートの推理を固唾を呑んで見守った。

(いいだろう……勝負だ、ミート! お前は私の名を言い当てられるか?)

覚悟を決めた犯人は、探偵の推理を受けて立つことにした。

張り詰めた空気の中、ミートの推理が始まった!

「まず、ティーパックマンの殺害方法ですが、犯人はトイレに隠れ忍んで待ち伏せし、後からやって来たティーパックマンを背後から不意打ちした……と考えるのが自然です」

そこにカナディアンマンが「待て待てっ!」と口を挟んだ。

「こんな狭いトイレだぞ! どうやって待ち伏せするっていうんだよ? ……あっ!」

言いながら何かに気づいたのか、カナディアンマンがはっとした表情のまま硬直する。

「そうか……お前なら、狭いトイレでも、隠れ忍ぶことができる……」

犯人がとっさに身構えた。

（まさか……ミート以外の超人に見破られるとは!!）

カナディアンマンは勢いよく、その場にいる超人の一人を指さした。

「犯人はお前だったんだな、チエの輪マン！」

「チエッ!?」

突然、名指しされ動揺したのか、チエの輪マンの体が小刻みに震え、そのたびにジャラジャラと金属音がした。

「お前なら、自分の体を分解することによって、狭いトイレの中でも隠れることが可能じゃないか！　そうだ……お前は洋式便器があった個室に体を分解させて入っていたんだ。バラバラになったお前のパーツが詰まった個室を、オレは用具入れと勘違いしたのかもしれない。どうだっ!?」

自分の疑いを晴らすため、カナディアンマンがまくし立てる。推理の腰を折られたミートが、迷惑そうにため息をついた。

「ちがいます。チエの輪マンは犯人じゃありません」

「ええっ!?」

「いくらチエの輪マンが、自分の体を分解してトイレに隠れ忍んだとしても、結局は体を元に戻す時に金属音がして、相手に気づかれてしまうじゃないですか」

「あ……ああ～～っ!!」

カナディアンマンがチエの輪マンの方に目を向ける。チエの輪マンは、今も犯人扱いされた怒りで小刻みに震えており、ジャラジャラとした金属音を立て続けている。

「ご覧の通り、チエの輪マンはちょっとした動作でも体の特性上、金属が擦れる音がしてしまうのです。その意味では、この中で一番不意打ちに適していません。それに、カナディアンマン……あなたはこのトイレに来た時、個室は一つしかなかったと言いましたよね？　ならば、チエの輪マンが用具に擬態していたとしても、そのことは覚えていたはずなのでは？」

ミートの言葉に、カナディアンマンが頭を抱えて膝をついた。

「たしかに、そうだ……あ、ああ～～っ、オレは自分の無罪を証明することに必死で、仲間を売ろうとしてしまった!!　な、なんて卑《いや》しい超人なんだぁ～～っ!!」

後悔の叫びを上げるカナディアンマンの肩に、チエの輪マンが優しく手を添えた。

「気にするなカナディアンマン。仲間のことを疑ったのは、私も同じだ」

金属の肉体を持った超人がにこりと笑った。ジャラリとした音がトイレに響く。それは、疑心暗鬼という名の、複雑に絡み合った知恵の輪が解けた音だったのかもしれない。

「ムヒョッ？　それで……結局、犯人は誰だったんだわさ？」

キン骨マンがミートに訊ねた。思わぬ脱線を強《し》いられた推理が、今再開される。

「犯人がティーパックマンを不意打ちした方法は、至ってシンプルでした。しかし、それゆえになかなか気づけない……木を隠すなら森の中。いや、灯台下暗しと言うべきでしょうか。恐ろしく大胆なトリックです」

そこでカナディアンマンが「え、待って待って」と再び口を挟んだ。

「木を隠すなら森の中？　灯台下暗し？　それじゃ、犯人は一人しかいない……」

いよいよ犯人は敗北を悟り、両目を瞑《つぶ》った。

（ここまでか……せめて、ミートに言い当てられたかった！）

カナディアンマンが勢いよく、その場にいる超人の一人を指さした。

「犯人はお前だぁ～～っ！　ベンキマン！」

「ちがいます」

ミートが食い気味に否定した。

「えぇっ？　でもベンキマンなら、便器に擬態するなんて朝飯前じゃないか？」

カナディアンマンは納得がいかないのか、ベンキマンの顔をチラチラと見る。ミートは面倒くさそうに説明を始めた。

「いいですか、あなたはこのトイレに来た時、個室は一つしかなかったと言いましたよね？　ベンキマンが和式便器に擬態したなら、洋式便器の個室に和式便器が並ぶ、奇妙な光景を目にしたはずです！　いや……それ以前にベンキマンが犯人なら、ティーパックマンを自身の便器に流せばいいので、死体が残っていること自体がおかしいんですよ」

カナディアンマンはようやく自分の過《あやま》ちに気づいて、その場に崩れ落ちた。

「あ、ああ〜〜っ、その通りだぁ〜〜っ!!　オレは仲間を信じると誓ったそばから、またしても仲間を疑ってしまったぁ〜〜!!　なんて哀れな超人なんだぁぁ〜〜っ!!」

懺悔の叫びがトイレに響き渡る。泣き崩れる男の肩をベンキマンが優しく摑んだ。

「これでおあいこさ、カナディアンマン。今日のことは、お互い水に流そうじゃないか」

ベンキマンが優しく微笑む。一片の汚れもない真っ白なボディが眩しかった。

「ムヒョッ？　ということは……残りは？」

キン骨マンが最後に残った二人、スペシャルマンとタイルマンを交互に見る。

とうとう決着の時が訪れた。犯人とミートの目が合った。

「犯人はあなたですね、タイルマン！」

犯人は腕を組んだまま、深く息を吐いた。自分の犯行がバレたというのに、不思議と晴れ晴れとした気分だった。

（これでもう、心の中であれこれと考えなくてもいい……）

「ああ。よく分かったな、ミート」

タイルマンが犯行を認め、その場にいる超人たちがざわついた。

「ちょ、ちょっと待ってくれ……」

タイルマンを庇うように、スペシャルマンが前に出た。

「タイルマンがこの狭いトイレで待ち伏せすることなんて可能なのか？　彼はこの中で一番の巨体の持ち主なんだぞ？」

スペシャルマンの疑問に他の超人たちも頷いた。犯人に代わってミートが、トリックの真相を話し始めた。

「答えは至ってシンプルでした。タイルマンは、トイレの中で立っているだけで、完全にその気配を消すことができたのです」

「ムヒョ……？　どういうことだわさ？」

キン骨マンが首を傾げる。ミートがタイルマンを指さした。

「みなさん、タイルマンの体をよく見てください。彼は本来、洋式便器がある個室の前に仁王立ちをして、トイレの壁と同化していたのです！」

ミートの言葉で、全員がタイルマンの体とトイレの壁を見比べた。

トリックの正体に気づいたカナディアンマンが絶叫する。

「ゲ、ゲェ――ッッ!! このトイレの壁はよく見たら……色も形も、タイルマンの体とそっくりじゃないかぁ――っっ!!」

他の超人もそのことに気づいて絶句した。

トイレの壁を背にしたタイルマンは、体を変色させるカメレオンのように、完全に背景に溶け込んでいたのだ。

「言われてみれば、公衆トイレって、なぜかタイルマンっぽい壁ばかりだわさっ!」

キン骨マンがトイレの壁とタイルマンのボディを見比べる。そこでカナディアンマンがはっとした。

「そ、そうか……オレがこのトイレに来た時に個室の数を一つと認識したのは、洋式便器の前で立ち塞がっていたタイルマンを壁だと思ってしまったからなんだ! これが、便器の数が一つ減った正体だったんだ!」

三度目のカナディアンマンの推理は外れなかった。

「ミートよ、教えてくれ。どうして私が怪しいと思った?」

タイルマンが訊ねると、ミートは二本の指を立てた。

「最初にあなたのことを疑ったのは、園内放送を使ってみんなを集めた時です。あなたは『無惨に殺された仲間の仇はオレが討つ』と発言しましたが、なぜティーパックマンの死体をまだ見ていない状況で『無惨に殺された』ことを知っていたのでしょうか？」

「ふっ……聞こえていたのか」

その言葉はミートが公衆トイレから現れる前に、タイルマンがうっかり口を滑らせたものだった。ミートの登場後、発言に気をつけていたタイルマンだったが、探偵は失言を聞き逃さなかった。

「次にあなたは……園内放送で呼び出されてから今の今まで、ずっと腕を組んだままですね。しかも一度も腕を組み替えることなく、左腕を上に右腕を下にしたままです。つまり、あなたは何かを隠すために腕を組んでいた……殺害方法がバックブリーカーならば、その答えは想像がつきます」

「やはり、気づいていたのか」

タイルマンは、がっしりと組んでいた両腕をするりとほどいた。隠されていた右腕の一部が茶色に変色している。

「ゲッ……タイルマンの体が錆びているっ!?」

チエの輪マンが叫び出す。ミートが首を横に振った。

「いいえ、あれは紅茶のシミです。タイルマンはティーパックマンをバックブリーカーで殺害した時、相手の頭部から流れ落ちた紅茶を、もろに右腕に被《かぶ》ったのです。本場、スリランカの紅茶は、犯人の体に消えることのないシミを残したのです！」

こうして、全ての謎はミートによって解き明かされた。

キン骨マンが顎に手を当てながら訊ねた。

「——で、動機は何だったんだわさ？　ティーパックマンにめちゃくちゃ借金でもしてたのか？」

タイルマンは首を横に振ると、絞り出すような声でティーパックマン殺害の動機を告白した。

「体が大きい超人が心まで広いとは限らない……私は長年の間、ティーパックマンの悪気ない態度に苦しめられてきたんだ！」

「ど、どういうことだ？　ボクには二人が不仲だったようには見えなかったぞ」

スペシャルマンが戸惑いの表情を浮かべる。

「ああ、小さなことの積み重ねってやつさ。忘れもしない……私は第21回超人オリンピックで、三次予選の〈恐怖の新幹線アタック〉を一位で通過する快挙を果たした。しかし、最終予選の〈50㎞耐久ローラーゲーム〉のゴール目前で涙の脱落となった。それは仕方ない、自分の実力が足りなかったんだからな。しかし、納得がいかなかったのは、本戦に出場したファイナリストの中に、全く予選で姿を見せなかった超人がチョイチョイいたことだっ！　本当にみんなちゃんと、あの過酷な予選をくぐり抜けたのか!?」

「タ……タイルマン」

初めて目にする仲間の苦悩に、チエの輪マンが同情の眼差しを向ける。キン骨マンが「お前も怪しいだわさ」と呟いた。

「私はそれをずっと根に持っているというのに、ティーパックマンは私の前でよく、自分が超人オリンピックのファイナリストであることを自慢していたんだ！　それが……それが許せなかったんだぁ——っ!!」

タイルマンが泣き崩れながら、自身の胸に手を当てた。

「これが……私にできる唯一の罪滅ぼしだ！」

心臓がある位置に、タイルマンの腕がずぶりとめり込んでいく。

勢いよく腕を引き抜くと、その手には光り輝く球体が握られていた。タイルマンの命

……超人パワーである。

「タイルマン、早まらないでっ！」

ミートが叫ぶと同時に、タイルマンは光の球をティーパックマンの死体に押し当てた。

「ティーパックマンが蘇ったら、すまなかったと伝えてくれっ！」

タイルマンの命が、そのままティーパックマンに移っていく。

光の球が、完全にティーパックマンの死体に呑み込まれると、力を使い果たしたタイルマンはその場で倒れ込んだ。

突然のことに、誰もその場から動けなかった。

そして、しばらくの沈黙の後、キン骨マンがぽつりと呟いた。

「あれ……？　ティーパックマンが、蘇らないだわさ？」

その場にいる超人たちも、意味が分からず顔を見合わせる。目の前には、命を使い果たしたタイルマンと、惨殺されたままのティーパックマンの死体が並んでいる。ミートが気まずそうに切り出した。

「……ティーパックマンは蘇りません。タイルマンの超人強度は20万パワーなので、25万パワーのティーパックマンを蘇らせるには、あと5万パワー足りないんです！」

ミートの言葉に、全員が「ああ～っ！」と叫んだ。

「じゃあ……残りの5万パワーは残った四人で、1・25万パワーずつ割り勘だわさ」

キン骨マンが飲み会の会計感覚で、残りのパワーを計算した。

スペシャルマン、ベンキマン、チエの輪マンの三人が力強く頷いて、胸に手を当てる。

「えっ!!　1・25万パワーなら、オレの分も誰か出してくれよ——っ!!」

最後まで超人パワーの譲渡を渋るカナディアンマン。

スペシャルマンは、力を使い果たして横たわるタイルマンを切なげに見つめた。

「なあ……ティーパックマンが生き返って五人になったら、みんなで4万パワーずつ出し合って、タイルマンも生き返らせてやらないか？　オレも超人オリンピックの決勝戦に出られなかった超人の一人だ。彼の気持ちが……ちょっと分かるんだよ」

心優しい相棒の申し出に、カナディアンマンの顔が青ざめる。

「えっ!?　そ、そうなると……まず1・25万パワー払った後、さらに4万払うから、合計5・25万パワーで、最初の話より差し出す分が0・25万パワー増えてないかっ!?」

両指を折りながら、カナディアンマンが絶叫した。

その後、カナディアンマンは三十分ほど粘ったが、渋々協力することを決めた。みんなの超人強度でティーパックマンとタイルマンは蘇り、事件は解決した。

事件Ⅲ

登場人物紹介

バッファローマン

巨大な角は
ダイヤモンドなみの硬度。
超人強度は1000万パワー。

ウォーズマン

機械の体を持つ
ロボ超人。超人強度は
100万パワー。

ルピーン

フランス出身の
怪盗超人。
超人強度は……?

事件Ⅲ

1000万の鍵

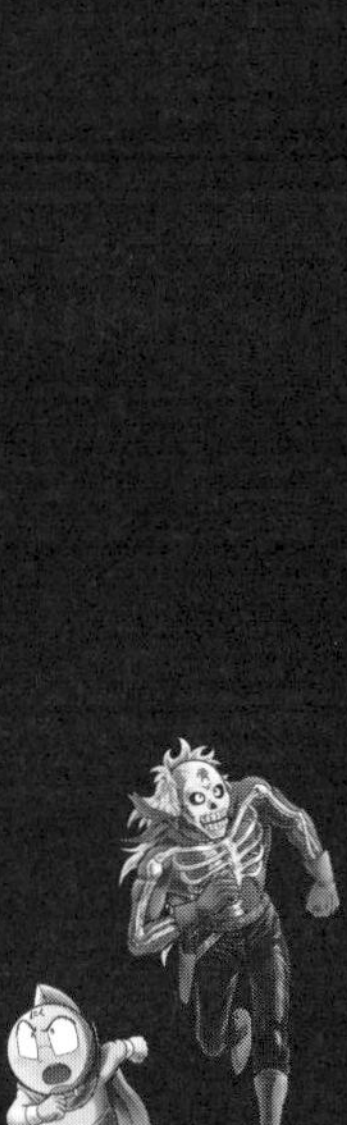

1

よく晴れた日の朝。

大田《おおた》区田園調布《でんえんちょうふ》の公園にあるキン肉ハウスで、ミートとキン骨《こつ》マンはちゃぶ台を囲んで、頭を抱えていた。

キン肉マンの行方を追って早二日。キン肉《にく》星の大王の居場所は一向に突き止められず、代わりに行く先々で超人による殺人事件にばかり遭遇してしまう。

「ウーム、まいりましたね。これまでに出会ったブラックホールや、カナディアンマンたちも王子の居場所は全く知りませんでしたし……」

ミートがスポーツ新聞をめくりながら、ため息をつく。

「ムヒョヒョ、こうなると二人での調査は限界があるかもしれないだわさ」

頰杖をついたキン骨マンが漫画雑誌をめくる。

その時、外でキキィーッと車のブレーキ音が鳴った。二人がぴくりと反応する。

誰かがキン肉ハウスの前で車を停めたらしい。すぐにドアをノックする音が響いた。

「だ、誰でしょう?」

ミートとキン骨マンが顔を見合わせる。

「まあ……出てみるしかないだわさ」

そう言いながら、キン骨マンがドアを指さす。ミートはこくりと頷くと立ち上がり、おそるおそるドアを開いた。

「ん？」

ミートは眉をひそめた。目の前に立っていたのは、黒いスーツに身を包んだ、白髪の老人だった。だが、老いを感じさせないように背筋はピンと伸びており、気品が漂っている。外には公園には不釣り合いな黒塗りの高級車が停められていた。

老紳士はミートに向かって微笑みながら、ぺこりと頭を下げた。

「お初にお目にかかります、ミート様。私は富蟻杉益《とみありすぎます》の執事をしている者です。本日は、富蟻に代わってミート様にお願いに参りました」

「えっ？　はあ……」

ミートは目をぱちぱちとさせながら、「とりあえず、どうぞ」と執事を中へ招き入れた。

ミート、キン骨マン、そして謎の執事の三人がちゃぶ台を囲んで座る。ミートはグラスを来客に差し出した。

「あの、公園の水ですが」

「お構いなく」執事がにっこりと微笑みながら、手を突き出す。

キン骨マンが怪訝な表情を浮かべながら執事に訊ねた。

「……で、何の用だわさ？　誰かの執事とか言ってたが」

「はい、私は富蟻杉益の執事をしております」

「トミアリ・スギマスって、いかにもお金持ちそうな名前ですね～」

ミートはその名を最近どこかで聞いた気がした。最近というか、なんなら今朝……。

「あ、あれっ!?　富蟻杉益ってまさか、資産家で世界長者番付でも上位に君臨する……あの富蟻杉益ですかっ!?」

執事が静かに頷く。ミートは今朝のスポーツ新聞をちゃぶ台に広げた。

「キン骨マン、見てください……ちょうど今朝の新聞に記事が出てました！」

ミートが指さした誌面には、美術品コレクターとしても有名な富蟻が、とある宝石をオークションで百億円で落札したことが記事になっていた。

「ムヒョッ……名は体を表すとは、このことだわさ！」

あぐらをかいていたキン骨マンが、慌てて正座になった。ミートがかたかたと震えるメガネを押さえながら訊ねる。

「そ、それで……その富蟻さんがボクに何の用で？」

「はい。そちらの記事の通り、我が主《あるじ》、富蟻杉益は〈巨人《きょじん》の涙《なみだ》〉と呼ばれる宝石を百億円で落札したばかりでした。ですが昨夜、〈怪盗ルピーン〉と名乗る超人から、その宝石を盗み出すという予告状が届いたのです！」

「えっ、怪盗ルピーンが!?」

執事が悔しげな表情を浮かべる。キン骨マンはミートに耳打ちをした。

「いや……ルピーンって誰だわさ？　そんな超人知らんわいな」

「あ、えっと。ルピーンはフランス出身の超人で、第20回超人オリンピックにも最終予選まで残った実力者です。ただ、彼の本業は泥棒と言われています」

ミートは説明をしながら首を傾げた。

「ですが、妙ですね。ルピーンは地元フランスでは、悪人からしか盗みを行わない義賊と呼ばれています。そのルピーンが富蟻杉益さんを狙うということは……」

「富蟻杉益は悪人ってことになるだわさ」

ミートがあえて濁した部分を、キン骨マンが無遠慮に口にした。執事が両手を振って抗議する。

「滅相《めっそう》もございません！　富蟻は悪どいことをして今の地位を築いた男では、誓ってありません！　そこでどうか……ルピーンから〈巨人の涙〉を守るため、正義超人界一の頭脳と謳《うた》われるミート様のお知恵をお貸しいただけないでしょうか?」

執事が深々と頭を下げる。突然の依頼にミートは困惑した。

「も、申し訳ないのですが、ボクにも王子を探すという急務がありましてっ。今は他の事件に関わっている余裕は……」

すかさず、キン骨マンがミートの横腹を小突《こづ》いた。

「いいや……この依頼受けるべきだわさ、ミート!」

「えっ? どういうことですか?」

戸惑うミートに、キン骨マンが耳打ちをする。

「二人でキン肉マンの捜索を行うのは骨が折れるだわさ。ここは、富蟻って大富豪に恩を売って、事件解決の報酬としてブタ男の捜索を手伝わせるべきだわさ!」

怪訝な表情を浮かべるミートの両肩を、キン骨マンが掴んで揺らす。

「いいからっ! とっとと! 承知するだわさっ! あちきを信じるだわさっ!」

キン骨マンの強引な説得に負けて、ミートは渋々と頷いた。

「わ、分かりました……ルピーンから宝石を守るため協力しましょう。それで、ルピーンはいつ、宝石を盗みに来るのですか?」

執事はにっこりと微笑んで懐中時計を取り出した。

「今日の正午。つまり、今から四時間後です」

2

熱海《あたみ》を一望できる丘の上に建てられた別荘地帯、その別荘地帯を一望できる山の上に富蟻杉益の大豪邸がある。

ミートとキン骨マンは、あれからすぐに執事の車に乗り込んだ。

そのまま、富蟻邸に直行すると思いきや、キン骨マンの強い要望で、一度、彼の自宅兼研究所に寄り、ルピーン退治に使えそうな発明品をいくつか調達してから出発した。

そのおかげで三人が富蟻邸に到着したのは午前十一時。ルピーンの犯行予告の一時間前となった。

ゴルフ場ほどの敷地がある富蟻邸は、本邸の他にいくつもの別邸が建てられている。巨大スクリーンで映画鑑賞ができる映画邸、運動器具や各種スポーツコートが整備された運動邸、オーケストラを招いて演奏させる音楽邸、防音設備の中でただただ大声で叫ぶだけの思い切り叫び邸……その中にある、世界各地の美術品を集めたコレクション邸にミートたちは案内された。

別邸とは思えないほどの立派な洋館を前に、ミートとキン骨マンが息を呑む。

「——さあ、ここがコレクション邸でございます。主の富蟻も中でお待ちしておりますので、さっそく参りましょう」

執事がアンティーク調の重厚な扉を開き、二人を招き入れる。深紅の絨毯《じゅうたん》が敷かれた優雅な玄関ホールを進み、奥にある大広間への扉を開く。

「わあっ」

思わずミートが感嘆の声を漏らした。

大広間は床も壁も一面、大理石で覆われており、高さ二十メートルはありそうな天井には、巨大なシャンデリアがいくつもぶら下がっている。

その中に絵画、彫像、貴金属、宝石、壺、甲冑《かっちゅう》などなど、古今東西、様々な美術品が展示されている。さらに、部屋の奥では古めかしい巨大な掛け時計が不気味に時を刻んでいた。

非日常な空間に放り込まれて、言葉を失うミートとキン骨マン。部屋の真ん中まで進んだ執事が二人を手招きする。その隣には、タキシード姿の太った中年男が立っていた。

「富蟻様、お待たせしました。ルピーンから〈巨人の涙〉を守るために来てくださったミート様と、そのおまけのキン骨マン様です」

執事がぺこりとお辞儀をして、大広間から出て行く。

「おまけってなんだわさ！」

怪盗を捕らえるため、張り切って発明品が詰まったリュックを背負ってきたキン骨マンが叫んだ。富蟻は品定めするように来客を眺めると、静かに頷いた。

「ミート君、キン骨マン君、よくぞ来てくれた……私が富蟻杉益だ。どうか、ルピーンの手から〈巨人の涙〉を守ってくれい！」

富蟻がミートに熱い眼差しを向ける。ミートはそれを受け流すように大広間を見回すと首を傾げた。

「えっと……ボクたち以外に人の姿が見えませんが、警察の力は借りないんですか？」

「警察？　超人を相手にそんなものが何の役に立つ？」

富蟻が苦笑《にがわら》いを浮かべた。

「それに悪戯に人員を増やすとルピーンがそれに乗じて、この館内に紛れ込む危険性がある。奴は変装の達人だともいうじゃないか。だから私は人海《じんかい》戦術ではなく、少数精鋭による防衛を選んだというわけだ」

キン骨マンが両手を頭の後ろで組みながら、意地の悪い笑みを浮かべた。

「ムヒョヒョ……本当は、警察を呼べない理由があるんじゃないの？」

「黙れ、おまけがっ！」

スキンヘッドに口髭を蓄え、マフィアのボスのような見た目をした大富豪が怒鳴った。

ミートが二人の間を遮るように両手を伸ばす。

「やめてください、二人とも！　ルピーンの犯行予告まで、あと三十分ほどしかないんですよ！　富蟻さん、ボクたちが守る〈巨人の涙〉はどこにあるんですか？」

ミートの言葉で冷静になった富蟻は、わざとらしく咳払いをすると、すぐ近くにある赤い布に覆われた立方体に近づいた。一辺が三メートルほどあり、中を窺うことはできない。

布の端を富蟻がつまんだ。

「それではご覧入れよう。これこそ……憎き怪盗が狙う、世紀の大秘宝〈巨人の涙〉だ!!」

富蟻は赤い布を勢いよく剝ぎとった。

立方体の正体はガラスケースだった。中央にあるアンティーク調のサイドテーブルには、巨大な宝石が置かれていた。

「こ、これが……時価百億円の〈巨人の涙〉ですかっ」

野球ボールほどの大きさの宝石は、まるで海を閉じ込めたかのように青色に煌《きら》めいている。その美しさにミートがうっとりとため息をついた。

「ムヒョヒョ……しかし、百億もする宝石をガラスケースで展示するなんて不用心だわさ。あちきなら、近づく者を焼き殺す、自動レーザー銃をあちこちに設置するだわさ」

キン骨マンが顎に手を当てて呟くと、富蟻はワハハと大笑いした。

「そんなことしたら、誰もこの宝石を近くで眺めることができないじゃないか。それに心配はいらない。このガラスケースは特注品で超人強度１０００万パワーまでの衝撃に耐えることができるんだ！」

「ムヒョ～ッ!?　１０００万パワー!?　そ、そんなに頑丈なのか、このケース!?」

驚愕するキン骨マンに、富蟻が嬉しそうに頷いた。

「たとえ、このコレクション邸に爆弾を落とされても、この宝石は傷一つ付くことはない。つまり、このガラスケースは１０００万パワーという鍵が必要な、開かずの宝箱というわけさ。ルピーンがどんな手を使うか知らんが、このガラスケースを破壊することは不可能だ。ワ～～ハッハッハッ！」

勝ち誇るように笑う富蟻に、ミートが苦言を呈した。

「しかし……もし、ルピーンが超人強度１０００万パワーを持つ超人を仲間に引き入れていたら?」

「それも手は打ってある。君たち、入ってきたまえ！」

富嶬はにやりと笑いながら、パチンと指を鳴らした。すると、玄関ホールから二体の超人が大広間の扉を開けて入ってきた。二人の姿を見たミートが目を丸くする。

「あ……ああ〜〜っ!? あなたたちは〜〜〜〜っ!!」

一人は、身長二メートルを超える巨体に、発達した全身の筋肉、頭部から猛牛のような二本の角を生やした悪魔超人――バッファローマン。

もう一人は、漆黒のマスクとプロテクターに身を包み、「コーホー」という不気味な呼吸音を響かせる、機械の体を持つロボ超人――ウォーズマンであった。

久しぶりの再会にミートの表情が緩む。一方、キン骨マンは二人の超人を眺めると、何かに気付いたのか「ムヒョヒョ」と怪しげに笑った。

バッファローマンが、ずしんずしんと足音を立てながら、ミートに近寄った。

「久しぶりだな、ミート。オレとウォーズマンも、そこのおっさんに宝石の警護を頼まれたんだ」

ミートが、富嶬の采配に手を打った。

「な、なるほど〜っ! 超人界でも1000万パワーを超える力を持つ者は限られます。その代名詞ともいわれるバッファローマンを味方に引き込めば、ルピーンの宝石奪取は格段に難しくなる!」

バッファローマンは拳《こぶし》をもう一方の手で包むと、ボキボキと音を鳴らした。

「まあ……オレとしては、ルピーンってコソ泥が、そこのガラスケースを壊せるような強《つわ》者《もの》を連れて来てくれるのを期待してるんだがな」

宝石なんて、これっぽっちも興味がないのだろう。ただただ、強い相手を求めてやって来た猛牛は、暴れたい衝動を抑えるように両腕を組んだ。

「……ルピーンの過去の犯行データは全てインプットしてある。奴がどんな作戦を練ろうが、オレの体内のコンピュータが必ず対抗策を弾き出す！」

ウォーズマンから、カタカタカタと何かを計算するような機械音が鳴り響く。

まさに暴と知——思いがけぬ二人の助っ人を前に、ミートは安堵の表情を浮かべた。

富蟻はふふんと鼻を鳴らすと、タキシードから何かのリモコンを取り出した。

「1000万パワーないと破壊できないガラスケース、そして執事に手配させた、バッファローマン、ウォーズマン、ミート君の三人の超人、そして……」

富蟻がスイッチを押すと、館内の窓やドアに、一斉にシャッターが降ろされた。

「これは……!?」

バッファローマンが周囲を見回す。大広間に繋がる全ての侵入経路は、鋼鉄のシャッターで塞《ふさ》がれていた。

「これでルピーンは、絶対にこの館に入ることはできない。この館にいるのは、私とバッファローマン、ウォーズマン、ミート君の四人だけだ！　ワッハッハッ！」

富蟻の言葉を、ミートが申し訳なさそうに補足した。

「あの……あと一人います」

「なにっ？　信頼している執事ですら館から出したし……て、おいっ！」

富蟻が何気なく部屋の隅に目を向けると、絵画や壺など、あちこちに展示されているコレクションをキン骨マンがいじり回っていた。

「ムヒョヒョ～ッ、〈巨人の涙〉以外も何千万、何億ってしそうなお宝ばかりだわさ！　もし、あちきたちがルピーンを捕まえたら、ここにあるコレクションをお土産に一個ずつくれだわさっ」

「こらっ！　おまけの分際で、私のコレクションにベタベタと触るなっ！　これだから、少数精鋭がよかったんだ！」

富蟻が怒鳴るので、キン骨マンが渋々と部屋の中央に戻ってきた。

ミートが壁に掛けられた大時計に視線を向ける。現在時刻、十一時五十五分。犯行予告まで——あと五分。

大時計を見上げるミートに、富蟻が嬉しそうに訊ねた。

「さすがミート君、お目が高いね。あの大時計はフランスの大聖堂にあった文字盤を、そのまま持ってきたんだよ。民衆のために作られた大時計を独り占めできるなんて、最高の贅沢だと思わないかい？」

「は、はあ。そんなことより……まもなくルピーンの犯行時刻です」

ミートの言葉に、富蟻は大時計に目を向けた。

「うむ。万全の体制とはいえ、一応警戒はしておこう。みんな頼んだぞっ！」

富蟻が警護のために集められた超人たちを見回した。それぞれが力強く頷く。

──本当にルピーンは……この鉄壁の守りを突破できるのだろうか？

ミートは万全の体制だからこそ、ルピーンがどうやって宝石を盗み出すか、全く予想ができず不気味だった。

「あと、三分だわさ」

キン骨マンが腕時計を見て呟く。

「あと二分……フン、来るなら来い！」

侵入者に備え、臨戦態勢を取るバッファローマン。

「あと一分。今のところ、異常なし」

ウォーズマンの体からピピピピと機械音が鳴る。

「あと十秒――……時間ですっ!!」

ミートが叫ぶと同時に、大時計がゴーンゴーンと音を鳴らし、十二時を知らせる。

怪盗ルピーンの犯行予告時間となった。

その瞬間、部屋中から煙が噴出した。

「……なっ!?」

ミートが声を上げた時には、一寸先すら見えないほど部屋中に煙が充満していた。皆が取り乱す中、煙の中で誰かが叫んだ。

「犯人は煙に紛れて宝石を盗む気だっ! ガラスケースを囲むようにして守りを固める。

その場にいた全員がすぐさま、ガラスケースを囲むようにして守りを固める。

ミートもガラスケースに背中を張り付けるようにしていたが、すぐ側で、どさりと鈍い音がした。近くにいた誰かが倒れたのだ。

「え?」

またどこかで、誰かが倒れる音がした。ミートは最初、ルピーンが煙に紛れて一人ずつ超人を闇討ちしているのかと思ったが、そうではなかった。

ミートの意識が朦朧《もうろう》としてきた。煙を吸い込んだせいだろう。

「しまった……これは、催眠ガスだ……」

ミートはそのまま床に倒れ込んだ。急速に意識が薄れていく。最後に耳にしたのは、煙が充満した大広間の中を悠々と歩く、何者かの足音だった。

3

大理石の冷たさを頰に感じながら、ミートが目を覚ました。

霧がかかったように、ぼんやりとしていた意識が少しずつ晴れていく。

「ああっ……!! 宝石は……〈巨人の涙〉はどうなったんだぁ〜〜!?」

慌てて立ち上がり、ガラスケースを確認したミートは言葉を失った。

1000万パワーの衝撃を与えないと壊れないと謳われていた特注品のガラスケースは、見るも無残に粉々に砕け散り、サイドテーブルに置かれていた〈巨人の涙〉は忽然《こつぜん》と姿を消していた。代わりにテーブルには〈怪盗ルピーン〉のサインが書かれたカードが残されていた。

「や、やられたぁぁぁ――――っ!!」

ミートの絶叫が大広間にこだまする。他の超人や富蟻も、目を覚まし始めた。

「わあああ――――っっ!! きょ……巨人の涙がぁぁぁっっ!!」

富蟻が泣き叫ぶ。その隣でバッファローマンが地団駄を踏んだ。

「くそ……どうなっている!?　まんまと盗まれたってことなのか!?」

一方、ウォーズマンは無言で立ち尽くし、状況を冷静に分析しているようだった。

最後に、キン骨マンがむくりと起き上がった。

「ム……ムヒョ――ッッ!?　ど、どういうことだわさ〜〜〜〜っっ!?」

キン骨マンの肩から、ルピーン捕獲のための道具が詰まったリュックが虚《むな》しく床に落ちる。

「ん?」

ミートは今さらながら、室内が薄暗いことに気づいた。天井を見上げると、シャンデリアの照明が全て消えていた。大広間は窓という窓をシャッターで封鎖されているので、昼間といえど本来なら室内は真っ暗になるはずである。

そのまま大広間の壁を見る。奇妙なことに、壁には何かが激突したような穴が空《あ》いていて、外からの光が室内に届いている。壁の穴を見たキン骨マンが叫んだ。

「……ムヒョヒョ!?　ルピーンはやはり、1000万パワー以上を持つ超人とグルだったんだわさ！　共犯者とともに外から壁をぶち壊して侵入し、ガラスケースを破壊させると、宝石を奪って、その穴から逃げていったんだわさっ!!」

その場にいる全員が顔を見合わせた。それならば、ルピーンはすでに遠くへ逃走していることになる。ミートが慌てて大時計を確認した。時刻は十二時三十分。

「三十分……？　ボクたちは、そんなに寝ていたのか？」

何かがおかしかった。

ミートが大広間の状況に違和感を覚えた時だった。思考を遮るように富蟻が絶叫する。

「なにをボサッとしてるんだ、お前らぁーっ!!　早くルピーンを追わんかぁーっ!!」

富蟻が壁に空いた穴に向かって指を差した。

「クソッ！　卑怯な手使いやがって、許さねえ！」

バッファローマンが苛立たしげに舌打ちをした。

「今から間に合うか？　やむを得ん……二手に分かれて奴を捜すぞ！」

予想外の状況をリカバリーするため、ウォーズマンが的確な指示を出す。

バッファローマンとウォーズマンが駆け出そうとした時、ミートが二人を呼び止めた。

「二人とも待ってください！　ルピーンが外に逃げたとは限りません！」

壁の穴から出て行こうとした二人が振り返る。

「なにぃっ？　どういうことだ？」

怪訝な表情を浮かべるバッファローマンに、ミートは自分の直感を口にした。

「ルピーンは本当に、キン骨マンの言う方法で宝石を盗んだのでしょうか？　なんと言いますか……あまりにも力ずくの犯行です。まるで華麗さがない。ボクにはどうにも、これがルピーンの手口とは思えないのです！」

「なんだ、そりゃ？」

バッファローマンは、ミートの抽象的な理由に納得できないようだった。

「も……もちろん、理由は他にもあります。たとえば、ルピーンとその相方が、館の外から壁に穴を空けて侵入したなら、催眠ガスはいつ大広間に仕掛けられたのですか？　富蟻さん、この大広間はルピーンの変装を恐れて、最小限の人間しか出入りしていないはずですよね？」

富蟻はぶんぶんと首を大きく縦に振った。

「ああ、その通りだ！　ルピーンの予告状が届いてから、このコレクター邸には誰も近づかないように命じてある。この場にいる五人と、君たちを連れてきた執事以外にコレクター邸に立ち入った者はいない！」

コーホーという不気味な呼吸音が鳴った。

「なるほど。つまり、大広間に催眠ガスを仕掛けたのは、この中の誰かということか」

ウォーズマンが体内で何かを計算し始めた。指を立てながら冷静に語り出す。

「犯人が館内にいたなら、こんな考えもできるな。共犯者は宝石を守る超人として堂々とこの大広間に侵入。催眠ガスを仕掛けて、犯行予告時刻に全員を眠らせる。そして、ガラスケースを破壊して宝石を奪い、壁に穴を空けて外部から侵入したように見せかける。その後、あたかも自分も催眠ガスで眠っていたふりをする……とかな」

ウォーズマンの推理を聞いて、富蟻が叫んだ。

「それでは、壁の穴はフェイク……!! 犯人はルピーンを捜しに行くように見せかけて、そのままトンズラしようとしたのか!?」

自然と一人の超人に視線が集中した。この中でガラスケースを破壊できる者は一人しかいない。

「おいおい……まさか、オレが宝石を盗んだって言いたいのか、お前ら?」

超人強度1000万パワーのバッファローマンが不満げに肩をすくめた。その目には疑いをかけられ、静かな怒りが宿っていた。ミートが慌てて両手を振る。

「いえ、そうは言ってません。ただ……ルピーンの超人強度はわずか1万パワー。彼がこのガラスケースを破壊することは不可能です! そうなると、ルピーンの代わりに催眠ガスを仕掛け、壁とガラスケースを破壊した者がいるはずです。そのため、今はお互い目を離さないよう監視し合いましょう!」

ミートの説明を受けて、バッファローマンは悪魔のような笑みを浮かべた。

「いいだろう。オレは自分の力で、自分の疑いを晴らす。これだけは言っておくが……オレを犯人だと疑う奴は、誰であろうと容赦なくぶちのめす！」

「そ、それじゃ……疑いたくても疑えないだわさ」

キン骨マンの言葉が耳に入り、バッファローマンがドスの利《き》いた声で怒鳴った。

「ああんっ？　てめえはオレが犯人だって言いてえのかっ!?　表出ろコノヤロウッ!!」

「ム……ムヒョヒョッ!!　ガラが悪すぎるだわさ!!」

ぴりぴりとした空気が大広間に漂う。

ミートはバッファローマンの立ち振る舞いに違和感を覚えた。

バッファローマンは血の気が荒いように見えて、過去にはキン肉マンの必殺技である〈キン肉バスター〉の攻略法を編み出すなど、冷静かつ頭脳派の一面がある。

そんな男が犯人なら、自身に疑いをかけられたくらいで、こうも過剰に反応するのだろうか……？

ミートが顎に手を当てながら、バッファローマンをじっと見つめる。視線に気づいたバッファローマンは気まずそうに顔を逸らした。

——違和感といえば、ウォーズマンもそうだ。

宝石が盗まれたと分かった直後、ウォーズマンだけが他の超人と異なる反応をしていた。皆が慌てふためいている中、冷静に何かを計算しているようだったのだ。

まるで〈巨人の涙〉が盗まれたこと以外で、想定外のことが起きたかのように。

ミートはウォーズマンに視線を向ける。漆黒のマスクから「コーホー」という呼吸が漏れる。この男はあの時、何を思っていたのか……？

その時、壁に空いた穴から、何者かが大広間に入ってきた。

「富蟻様——っ!! ご無事でございますか!?」

現れたのは、ミートたちを連れて来た執事だった。執事は主に駆け寄ると、大広間の惨状を見て、落胆の声を上げた。

「ああ……〈巨人の涙〉は盗まれてしまったのですね？ なんということだ！」

「お前、今まで何をしていた!? どうして、すぐに駆けつけて、眠っている私たちを起こさなかったんだ!?」

富蟻が八つ当たりをするように、執事を怒鳴りつける。

「な、何をしていた……とは？ 私は、富蟻様のご命令通り、犯行予告時刻は館の外に待機しておりました。そして、犯行予告時刻を少し過ぎた頃、はじめに大広間から壁が崩れるような衝撃音がしました。続いて、ガラスケースが割れるような音が聞こえました。この時、十二時五分ほどだったと思います。そこで、慌てて私は玄関ホールから大広間に入ろうとしたのですが、当然、大広間への扉はシャッターが降りて封鎖されています。どうしようかと、辺りを見回していたら、コレクション邸の外壁に穴が空いていることに気づき、すぐさま、駆けつけた次第でございます！」

「すぐさま……？」とミートが首を傾げた。大時計を見ると時刻は十二時半。館の外から異変に気づいて、一度、玄関ホールで足止めをくらったとはいえ、壁の穴からここに辿り着くまでに三十分も経過している。どうも納得がいかない。

「ん？」

ここで、ミートは重大なことに気づいた。目を覚ましてから、いくらか時間が経っているというのに、大時計の時刻は十二時半のままだった。

「あの……執事さん、今って何時ですか？」

ミートが訊ねると、執事は懐中時計を取り出した。

「今は、十二時十五分でございます」

「ええっ!?　十二時……十五分!?」

大時計の時刻は進んでいた。いや、十二時半を差したまま故障していたのだ。

「そうか……そういうことだったのか！」

催眠ガス、割れたガラスケース、消された照明、十二時半で止まった大時計……全ての謎が繋がり、ミートの脳に稲妻が走った。

「みなさま……〈巨人の涙〉を盗み出した犯人が分かりました」

正義超人界一の頭脳と謳われたミートが、ついに真相に辿り着いた。

その場にいる全員の視線が、小さな探偵に集中する。

今、解決編のゴングが鳴った!!

4

ミート、キン骨マン、バッファローマン、ウォーズマン、富蟻、執事の六人が〈巨人の涙〉が置かれていたサイドテーブルを中心に、輪になるように集まった。

「犯人が……分かっただって!?」

宝石の所有者である富蟻が、すがりつくように探偵に訊ねた。

「はい、そのためには順を追って説明しなければなりません。まずは、犯行予告時刻になった瞬間、大広間に仕掛けられた催眠ガスが噴出しましたね。それが誰の仕業だったのか、解明しましょう」

ミートが迷わずに、ある人物を指さした。

「この大広間に催眠ガスを仕掛けたのは、あなたですね……キン骨マン」

「ム……ムヒョ────ッ!?」

キン骨マンが驚愕の表情を浮かべながら飛び跳ねた。周囲の視線をかき消すように、手足をばたつかせる。

「と、とんだ言いがかりだわさっ!! なんで、あちきが、そんなことしなくちゃいけないんだわさっ!?」

激しく抗議するキン骨マンに、ミートは冷静に言い放った。

「それはもちろん、〈巨人の涙〉を盗み出すためです。ルピーンの犯行予告時刻に、宝石を横取りすれば、誰もがルピーンの仕業だと思い込みますからね」

キン骨マンの額に汗が流れる。ミートは相手の反論を待たずに推理を続けた。

「彼がこの横取り計画を思いついたのは、今朝、執事さんが宝石護衛の依頼をしに来た時でしょう。今思えば、ボクが依頼を断ろうとしていたのを、キン骨マンは必死に止めてました……」

話の途中で、執事が言いにくそうに挙手をした。

「し、しかし……キン骨マン様は、この富蟻邸の構造を知らないはずでは?」

執事の言葉に、ミートは静かに頷いた。

「そこで彼は、どんな状況でも対応できるように、ルピーン捕獲用の秘密兵器と称して、ありったけの犯罪道具をリュックに詰め込んでいました。一刻を争う事態なのに、自宅兼研究所に立ち寄らせたのは、そのためです」

「なにぃ〜っ？」

富蟻が目配《めくば》せをすると、執事が床に落ちているリュックを持ち上げて、逆さまにした。ぼろぼろと大量の工具や化学薬品、ガスマスクなどが床に散らばる。

「こ……この、おまけがぁ〜〜っ!!」

富蟻が拳《こぶし》をかざすと、キン骨マンがなだめるように両手を振る。

「ご、誤解だわさ！　あくまで全部、ルピーンを捕まえるために用意した道具だわさ！」

ミートは、キン肉マン捜索のため一時的に手を結んでいた相棒に対して、一切手を緩めることなく追撃した。

「この大広間にバッファローマンとウォーズマンが現れた時、あなたは一心不乱になって、部屋中に飾られたコレクションを眺めていましたね。本当はあの時……壺の中や絵画の裏に催眠ガスを仕掛けていたんじゃないんですか？」

「ムヒョッ!?」

キン骨マンが思わず後ずさる。

「……犯行予告時刻の寸前、みんなが壁に掛けられた大時計に注目する中、あなただけは自身の腕時計をじっと見ていましたね。おそらく、その腕時計が大広間にセットされた催眠ガスを噴出させるスイッチになっていたんじゃないでしょうか？」

「ムヒョヒョッ!?」

また一歩、キン骨マンが後退した。

「催眠ガスが大広間に充満した直後、誰かが『犯人は煙に紛れて宝石を盗む気だ！』と叫びました。あれも催眠ガスをただの煙幕と思わせるための、あなたの作戦です。まんまとボクたちは、煙に紛れて誰かが襲ってくることばかりを警戒して、催眠ガスを吸い込んでしまいました。そして、あなただけが事前に用意しておいたガスマスクを着用することで、眠らずに済んだのです」

「ムヒョヒョヒョッ!? い、いい加減にしろっ!! それに、みんなを眠らせたところで、どうやって、非力なあちきがガラスケースを破壊するんだわさっ!?」

その場にいる者たちが言葉を詰まらせた。キン骨マンは限りなくクロだが、ガラスケースを破壊することはできない。

「――ありますよ。非力なあなたでも、ガラスケースを破壊する方法が」

ミートが不敵な笑みを浮かべる。キン骨マンが命乞いをするような視線を向けるが、探偵は容赦なく真実を突きつけた。

「キン骨マン……あなたは催眠ガスで眠っているバッファローマンを利用して、ガラスケースの破壊を企んだのですね？」

「なにぃっ!?　ど、どういうことだ!?」

バッファローマンが身を乗り出す。ミートはゆっくりと真相を口にした。

「大広間では、キン骨マンを除く全員が催眠ガスによって眠ってしまいました。そこでキン骨マンは、眠っているバッファローマンを抱え上げると、背中に乗せたままガラスケースに向かって突進したのです！　かつて、〈２０００万パワーズ〉のパートナーであるモンゴルマンが繰り出した至高のタッグ技〈ロングホーン・トレイン〉を再現するように！　つまり、バッファローマンの超人強度はガラスケースを破壊できる１０００万パワーッ！　キン骨マンはバッファローマンそのものを凶器にすることにしたのです！」

ミートの怒濤《どとう》の推理に、キン骨マンが腰を抜かして倒れ込んだ。

「きさまぁ〜〜っ!!　よくも、人の体を勝手に使ってくれたなぁ——っ!!」

バッファローマンが怒りの形相でキン骨マンを睨む。

「ム……ムヒョ〜ッ!!　堪忍してくれだわさ〜っ!!　あちきは結局、宝石を盗めなかったんだわさ〜〜っ!!」

懺悔するように両手を組んで、泣き叫ぶキン骨マン。

「盗めなかっただと……? フン、誰がそんなを話を信じるか! 拷問してでも、宝石の在処《ありか》を吐いてもらうぞ!」

富蟻が物騒な言葉を口にする。ウォーズマンがため息をついた。

「キン骨マンが今の計画を思いついたのは、私とバッファローマンがこの大広間に現れた瞬間だろう? 全く、悪知恵の働く奴だな……」

さて、このコソ泥をどうしてくれようか——と皆がキン骨マンを取り囲んだ時、ミートが口を開いた。

「みんな、落ち着いてください。たしかにキン骨マンは、ルビーンに見せかけて宝石を盗もうとしましたが……彼の言う通り、計画は失敗したのです。つまり、宝石を盗んだ犯人は別にいます!」

「な、なんだって!?」

富蟻が叫んだ。バッファローマンとウォーズマンが無言で顔を見合わせる。

ミートは、へたり込むキン骨マンに向かって訊ねた。

「キン骨マン……あなたは、ボクが説明した計画を実行に移しましたが、とあるアクシデントが原因で失敗してしまいましたね？」

　こくりこくりと、キン骨マンが頷く。

「ア、アクシデントとは？」富蟻の問いに、ミートは天井に向かって指を立てた。

「照明が消えたことです。キン骨マンは、眠っているバッファローマンをなんとか背中に乗せると、ガラスケースに突撃しようとしました。しかし、その直前に大広間の照明が一斉に消えてしまったのです。全ての窓をシャッターで封鎖された室内は一瞬で真っ暗闇になりました。ただでさえ、重いバッファローマンを抱えたキン骨マンは、暗闇の中で方向感覚を失い、そのままデタラメな方向に突っ込んでしまいました。壁に空いた穴は、バッファローマンを乗せたキン骨マンが激突した時にできたものだったんです！」

　探偵の推理に、誰もが言葉を失った。

　しかし、ここまでは前座に過ぎない。ミートはいよいよ本題に入ることにした。

「いいですか？　壁に空いた穴は、キン骨マンによる誤爆が原因でした。壁に激突した衝撃で、キン骨マンはそのまま気を失ったんだと思います。では……大広間の照明を消した人物は誰でしょうか？　真犯人は、キン骨マンが倒れた後に起き上がると、全員の意識がない間にガラスケースを破壊して、〈巨人の涙〉を奪いました」

　一同が唖然とする中、ミートはこの事件の複雑な構造を解き明かした。

「つまり……今回の事件では、キン骨マンと真犯人が、それぞれ全く異なる策を使って、宝石を盗み出そうとしました。その結果、双方の計画がごちゃ混ぜになった、奇妙な犯行現場が生み出されてしまったのです」

小さな探偵は勢いよく、容疑者の一人を指差した。

「真犯人は、あなたですね」

その場にいる全員が、ミートの指先を追いかける。

「コーホー」

不気味な呼吸音が漆黒のマスクから漏れる。

ミートが指差した超人は、ウォーズマンだった。

5

「なっ……バカな!?」

バッファローマンが眉をひそめながら、隣に立つロボ超人を見つめる。

ウォーズマンは探偵の出方を窺うように、無言で佇《たたず》んだままだった。それならば、とミートが先手を打つ。

「さて、今回の事件は先ほど話した通り、二つの計画が重なってしまいました。一つは、暗闇に紛れて宝石を奪おうとしました。もちろん、あなたのマスクは暗闇でも視界が確保できるように改造されているはずです」

一同がウォーズマンのマスクに目を向ける。切れ目を入れたような細い目から、怪しい光が漏れている。ミートがいくつかの疑惑を口にする。

「思い出して欲しいのは犯行予告時刻の直前です。皆が大時計に注目する中、キン骨マンは催眠ガスのスイッチとなる腕時計ばかりを見てました。一方、ウォーズマンはどうだったでしょうか？　犯行予告時刻の直前……彼の体から何かを操作するような電子音が聞こえました」

「それが、どうした？　私がロボ超人だということは知っているだろう？」

ウォーズマンが呆れたように肩をすくめる。ミートは鋭い視線を相手に向けた。

「まさにそれこそが、犯人の狙いだったんです！　果たして、あれは本当にあなたの体内から聞こえた音だったのでしょうか？　灯台下暗し……それは〈音〉にも言えます。ロボ超人であるウォーズマンの体内で電子音が鳴ったところで、気にする人間は誰もいません！　あなたはみんなが大時計に注目する中、堂々と手に隠し持ったスイッチを操作した！　あの電子音は、あなたが遠隔で大広間の照明を操作した音だったんです！」

「コーホー」

ウォーズマンのマスクから、動揺が入り混じったような呼吸音が漏れる。ミートは両目を瞑《つぶ》りながら、ため息をついた。

「もう、そのわざとらしい呼吸音もやめにしませんか？」

「コー……」

ミートの言葉で、ウォーズマンの独特な呼吸が止まった。キン骨マンが目を丸くする。

「ムヒョ!?　お前、普通に呼吸できるのかっ!?」

「まさか……お前は!?」

バッファローマンが警戒するように一歩距離を取った。ミートが頷く。

「怪盗ルピーンは変装の達人です。彼は最初からずっと、ボクたちの側にいたんです！」

その場にいる全員が、ウォーズマンを囲むように輪になった。ウォーズマンのマスクから「フハハハハッ」と本人の声色とは異なる笑い声が漏れる。

次の瞬間、ウォーズマンのマスクやプロテクターが弾けるように周囲に飛び散り、中から全く別の超人が現れた。

「ゲ……ゲェ――――ッ!?　お前はぁぁ～～～っ!?」

一同が叫ぶと、シルクハットにタキシードを着こなし、足元まで伸びた長いマントを羽織った超人が、ぺこりとお辞儀をした。フランスの怪盗超人・ルピーンである。

誰もが怪盗の完璧な変装術に驚愕した。ルピーンは正体がバレたというのに、少しも取り乱すことなく、フランクな口調でミートに話しかけた。

「ごきげんよう、ミート君。さて、残す謎はガラスケースの破壊だね。私の超人強度はたったの1万パワー。逆立ちしたって、1000万パワーには届かない」

「なっ、こいつ……自分の立場が分かっているのか？」

自ら推理の催促をするルピーンに、バッファローマンが困惑の表情を浮かべた。

「おい、何をやってるんだ!?　捕まえろ……今すぐ、そいつを捕まえろっ!!」

富蟻が叫ぶが、ミートは首を横に振った。

「富蟻さん……ルピーンを捕まえるのは、彼の目的を聞いてからでも遅くないと思います。まずは、こちらも礼儀として彼の使ったトリックを解明します」

「な、なにを悠長なことを!?」

富蟻は憤慨しながらも、一歩後ろに下がり探偵と怪盗の対決を見守った。ルピーンはステッキを床にコツンと突きながら不敵に微笑んだ。

「――まず、宝石が奪われるまでの時系列を説明します」

ミートが複雑な事件の背景を話し始める。

「犯行予告時刻になり、最初にキン骨マンの催眠ガスが大広間に充満しました。実はこの時、ルピーンもボクたちと同じように眠ってしまっています」

「ムヒョ!?」

キン骨マンが意外そうな顔をする。ミートがすぐさま「しかし」と付け足す。

「ルピーンはウォーズマンのマスクを付けていたため、他のみんなと比べて、少量のガスしか吸わずにすみました。だから……他のみんなより早く意識を取り戻すことができたのです! ルピーンが目を覚ましたのは、キン骨マンがバッファローマンと一緒に壁に激突した直後でしょう。ルピーンは即座に状況を把握し、皆が眠っている隙に、〈ある方法〉を使ってガラスケースを破壊! 見事、宝石を奪いました。そして、そのまま逃げ去ることも考えましたが、〈何者〉かが意識を取り戻そうとしたので、やむを得ず、寝たふりをして、逃走の機会を待つことにしたのです!」

富蟻はミートの推理を聞いてゾッとした。ルピーンが壁の穴から出ていったと決め込んで、全員に追跡を命じていたら、今頃、ルピーンは遥か遠くへ逃げ切っていただろう。

「ムヒョヒョ……なんだか〈ある方法〉とか〈何者〉とか濁してばっかりだわさ」

キン骨マンの言葉に、ミートは照れるように小さく笑った。

「す、すみません。では先にルピーンの次に目を覚ました〈何者〉の方を説明します。ルピーンが宝石を奪った後、そのまま逃走することを諦めたのは、バッファローマンが目を覚ましたからです」

「ムヒョ？　バッファローマン？」

キン骨マンがバッファローマンを見ると、怒れる猛牛は気まずそうに目を逸らした。

ルピーンが、やれやれといったように肩をすくめた。

「その通りです。私の計画では全ては暗闇の中で完結するはずでした。たとえバッファローマンのような超人が相手でも、暗闇の中でこちらが暗視ゴーグルをつけた状態なら逃げ切ることができます。それなのに、キン骨マンのおかげで、壁に穴が空き、室内に光が差し込んでしまったのです。その状態で逃走するのはリスクが高い……そこで、私はバッファローマンと入れ替わるように寝たふりをしました」

苦笑《にがわら》いするルピーン。ミートが推理を続けた。

「さて……バッファローマンはキン骨マンによって、壁に激突した衝撃で目を覚ましました。時間的には、ルピーンが宝石を奪った直後でしょう。ルピーンは一足先に寝たふりを始めたので、大広間にはバッファローマンだけが起きている状況になりました。そこでバッファローマンは自分の置かれている状況が奇妙なことに気づきました」

「奇妙？」富蟻が首を傾げた。

「考えてみてください。バッファローマンからしたら、起きたらなぜか自分が、壁をぶっ壊していて、室内を見るとガラスケースも破壊されていたんです。誰でも、ちょっとしたパニックになりますよね？　しかも、バッファローマンはこの中で唯一、ガラスケースを破壊できる超人です。全く身に覚えがなくても、ガラスケースを破壊したのは自分かもしれないと疑ってしまいますよね。そのため……バッファローマンはみんなが起き上がる前に、なぜか自分の下敷きになっていたキン骨マンと一緒に大広間中央に移動して、寝たふりをしたのです！　あたかも、自分以外の超人が壁に穴を空けたと偽装するために！　その後、しばらくしてからボクが目を覚まし、宝石が奪われていることに気づいて絶叫しました。これが……この事件の時系列です！」

複雑な面持《おもも》ちで全員が目を見合わせた。

催眠ガスが投げ込まれてからミートが目を覚ます、わずか十分の間に目まぐるしい攻防があった。大広間で純粋に眠りこけていたのは、ミートと富蟻だけだったのだ。

「トレビア〜ン！　ですが、ミート君……肝心のガラスケースを破壊したトリックが抜けているようですが？」

挑発的な態度を崩さないルピーン。

「共犯者だ……１０００万パワー以上の超人が、この中の誰かに変装しているんだ！」

バッファローマンが、ちらりと執事に視線を向けた。

「わ、わ、私はただの執事です！　それ以上でも以下でもございませんっ！」

執事が助けを求めるように、チラチラと探偵に視線を送る。ミートは小さく頷くと、それに応えた。

「ルピーンは単独犯です。彼は己の力だけで、ガラスケースの破壊に成功しています」

「ムヒョヒョ～ッ!?　ど、どうやって……!?」

キン骨マンが脳内で溢れる疑問を抑えつけるように、頭を抱えた。ミートはおもむろに指を一本立てた。

「超人強度わずか1万パワーのルピーンが、共犯者に頼らずにガラスケースを破壊する方法……それは一つしかありません！」

「そ、それは……？」

バッファローマンがごくりと息を呑んだ。探偵はカッと目を見開くと、怪盗に真相を突きつけた。

「――ルピーンは、頑張って超人強度を１０００万パワーに引き上げたのですっ!!」

大広間が静寂に包まれる。

「頑張って……って、どういうことだわさ!?」

キン骨マンが堪《たま》らず叫んだ。他の者もミートの言っていることの意味が分からず、動揺を隠し切れずにざわついている。ミートは冷静に説明した。

「たしかに超人は、生まれ持った超人強度が生涯、増減することはありません。しかし、例外はあります！　現に、ルピーンが変装していたウォーズマンは、ごく僅《わず》かな時間ではありますが１００万パワーの超人強度を十二倍の１２００万パワーまで引き上げたことがあります！」

かつて、その現象を目の当《ま》《あ》たりにしたバッファローマンの顔が険しくなった。

「あの時と同じことを……この超人がしたというのか？」

バッファローマンの言葉に、ミートは力強く頷いた。

「おそらく、ルピーンは普段の何倍もの跳躍や回転を加えることにより、たった一撃だけですが１０００万パワーを超える力をガラスケースにぶつけたのです！」

「１万を……１０００万!?　そ、そんなの絶対に不可能だわさっ!!　どうせ、何かペテンを打ったに違いないだわさっ!!」

キン骨マンの言葉が気に障《さわ》ったのか、ルピーンはステッキを振り上げると、大理石の床に勢いよく突き刺した。雪の上にスキーストックを刺すように、ステッキが大理石の床に深々と埋まる。怪盗はシルクハットを押さえながら、ステッキを引き抜いた。

「……たかが1万パワー、されど1万パワー」

怪盗はステッキをくるりと回すと、どこからともなく、新たなステッキを取り出した。二本のステッキを空中で交差させる。

「ステッキの二刀流で2万パワー」

バッファローマンが「むっ」と眉をひそめる。ルピーンはぴょんぴょんとその場で軽いジャンプをした。

「いつもの5倍のジャンプで2×5＝10万パワー」

富蟻が「ま、まだ遠い……」と漏らす。ルピーンは思い切り、壁を蹴るようなジェスチャーをした。

「いつもの5倍の力で壁を蹴り、10×5＝50万パワー」

超人強度50万パワーのミートが「やっと……ボクといっしょ」と呟き、ごくりと息を呑んだ。ルピーンはフィギュアスケーターのように空中で華麗に回転した。

「いつもの5倍の回転で、50×5＝250万パワー」

キン骨マンが「ム……ムヒョヒョ!?」と拳を握りしめる。目標の1000万が見えてきた。一同が、まるでロケットの打ち上げを見守るように、ルピーンに釘つけになる。

ルピーンは口を大きく開けると、次の瞬間、勢いよく口を閉じた。

「さらに、いつもの2倍歯を食いしばって、250×2＝500万パワー」

執事が「き、刻みますね」と額から汗を流した。

「超人レスラーは動きやすさを重視して、パンツやタイツなど身軽なコスチュームに身を包む者が多いですが……私はエレガントさを重視してタキシード一式とマントという厚着をしています」

そう言いながらルピーンが、ばさりとマントを脱ぎ捨てた。

「最後に、いつもの2倍の身軽さ……つまり全裸になって、1×2×5×5×5×2×2＝1000!!　1000万パワーの光の矢となった私は、そのままステッキをガラスケースに突き刺して、粉々に破壊したのです!!」

ルピーンが壮絶な説明を終えると、なぜか歓声が巻き起こった。

ミートは怪盗に敬意を表するように、一つの疑念を伝えた。

「な、なるほど。さすがに、その計算式の内訳まではボクには分かりませんでしたが……狂った大時計を見た時、ある程度の想像はついておりました」

「狂った大時計？」

ルピーンは興味深そうに顎に手を当てた。ミートが頭上に掛けられた大時計を指差す。

「あの、大時計……宝石が奪われた後、なぜか十二時三十分を差した状態で針が止まっているんです。犯行予告時刻は十二時ジャストです。なぜ、大時計は三十分、時間が進んだ上で故障してしまったのでしょうか？」

「ムヒョヒョ……三十分進んだ上で故障？」

キン骨マンがしげしげと大時計を見上げる。ミートは真実を口にした。

「さきほどの説明の通り、ルピーンは想像を絶する力で跳躍したり、勢いを増すために壁を蹴りつけています。きっと跳躍はこの大広間の天井スレスレまで達したはずです。そして、空中で照準をガラスケースに合わせて、壁を思い切り蹴りつけた……では、それがたまたま壁でなく、ちょうど大時計の文字盤だったとしたら？」

「ど、どういうことだわさ!?」

ミートは指を真上に立てた後、時計回りにくるりと曲げて、最後は真下に向けた。

「ルピーンが跳躍の後に蹴ったのは、十二時ちょうどを差していた大時計の長針だったんです。蹴りの勢いで長針はぐるりと下に向かい、衝撃でその機能を完全に停止しました。そのため、まるで時間が一気に三十分も進んだかのように見えたのです！」

ミートは大広間に残された最後の謎を解き明かした。怪盗が探偵に拍手を送る。

「トレビア〜〜〜ン！　さすがは正義超人界一の頭脳と謳われるミート君だ！」

「いえ……それより、ルピーンさんもすごいですよっ。まさか1万パワーの超人が、自力で1000万パワーに到達するんなんてっ」

今までの事件と違って殺人事件ではないせいか、探偵と怪盗は、試合を終えた後かのようにノーサイドとなって、お互いを称え合った。

富蟻が咳払いをしながら、気まずそうに会話に割り込んだ。

「な、なんというか……一応、この人、泥棒だから捕まえてくれないか？」

富蟻に指差されたルピーンは、タキシードから拳大《こぶしだい》の宝石を取り出した。

青色に煌《きら》めく秘宝〈巨人の涙〉である。

「見くびらないでいただきたい、ミスター・トミアリ。このルピーン、善良な市民から盗みを行うことはありません」

「えっ、はっ？」

富蟻は訳が分からず、目をぱちぱちとさせた。ミートが説明をする。

「おそらく、ルピーンはトミアリさんを救うために、宝石を盗もうとしたのです」

「ど、どういうことだ？」

すっとんきょうな声を上げる富蟻に、ルピーンが指を鳴らした。

「その通り……高額な絵画や宝石を所有する者は、それらを悪人に力ずくで奪われる危険が必ず発生します。世間では、窃盗団に命を奪われる富裕層が後を断ちません。時価百億円の〈巨人の涙〉となれば、所有者を殺してでも奪おうとする輩《やから》は必ず現れます。――いえ、現に凶悪な超人たちで構成された窃盗団が、続々とこの日本に集結しています！」

「な、なにぃ〜っ!? 超人たちによる窃盗団……!?」

ルピーンの言葉に、富蟻の顔が真っ青になった。

「ですが……世紀の大怪盗ルピーンに〈巨人の涙〉が奪われたとなれば、彼らの標的は私に向かいます。ミスター・トミアリ、悪いことは言いません。死にたくなければ、このルピーンに〈巨人の涙〉を預けなさい」

「グ……グム〜〜〜ッ」

富蟻は己の命と、宝石の所有権を天秤《てんびん》にかけたが、しばらくして諦めるように頷いた。

悪意を持った超人に狙われたら、人間に抗《あらが》う術《すべ》などないのだ。

「ムヒョヒョ。まあ、それも〈巨人の涙〉を手にするための方便かも……」

キン骨マンがそう言いかけたまま口を閉ざした。

宝石を盗もうとしたのは、キン骨マンも同じである。せっかく丸く収まりかけた事件に水を差し、そのことを蒸し返されたくなかった。

涙を流しながら礼を言う富蟻に、怪盗はにこりと微笑んだ。

だが、怪盗が宝石を盗み出した理由が、善意か悪意か……それは誰にも分からない。

「結果的には……ルピーンが予告通り、〈巨人の涙〉を盗み出したわけですね」

颯爽《さっそう》と気球に乗って去っていくルピーンを、ミートはぼうっと眺めていた。

こうして、事件の幕は降りた。

事件Ⅳ

登場人物紹介

バイクマン

人型からバイクに
変形可能で
電気を自在に操る。

ミスター・VTR

カメラに映した
相手の映像を編集すると
現実にも反映される。

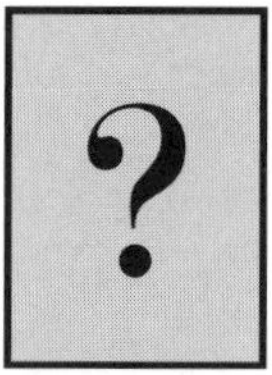

ドネルマン

トルコ出身と
いうこと以外は
不明の超人。

事件Ⅳ

呪肉館殺人事件

1

怪盗《かいとう》ルピーンと〈巨人《きょじん》の涙《なみだ》〉を巡る攻防があった翌日。

ミートはちゃぶ台の前で、手紙を握り締めながら、神妙な面持《おもも》ちをしていた。

「ムヒョ？　ミートよ、その手紙はなんだわさ？」

向かいに座るキン骨《こつ》マンが訊ねると、ミートは顎に手を当てたまま首を傾げた。

「それが……いつの間にかにキン肉《にく》ハウスのポストに入ってたんです。郵便局の人が配達したなら気配で気づきますし、おそらく、手紙の差出人がこっそりと投函したのでしょう」

「ふうん、差出人は誰だわさ？」

「ルピーンからです」

キン骨マンは口を大きく開けてのけぞった。

「ムヒョッ……!?　ま、まさか、また予告状～っ!?」

「分かりません。ともかく開けてみます」

ミートは封蠟《ふうろう》の施された手紙を開封すると、中身を確認した。予告カードのようなものはなく、一枚の便箋《びんせん》のみが入っている。『親愛なる名探偵へ』という文章から始まる手紙をミートは読み上げた。

『――親愛なる名探偵へ
富蟻《とみあり》邸での対決では、久しぶりに胸が躍《おど》りました。あの時に君が見せた、冴え渡った推理のお礼に、私からキン肉マンの行方に関するヒントをプレゼントしましょう。

どうやら彼は、日本にやって来るなり、群馬《ぐんま》県と長野《ながの》県の県境にある、霧深い森の中に向かったそうです。その周辺にある宿泊施設を当たってみるといいでしょう。

どうして、私にそんなことが分かるのか？　ふふふ……怪盗である私は、諜報《ちょうほう》活動のプロでもあります。この程度の情報収集はプティ・デジュネ《朝飯》前ということです。

追伸　キン骨マンは信用できません。置いていった方がいいでしょう』

手紙を読み終えたミートは、声を震わせて叫んだ。

「群馬と長野の県境の森の中……!?　す、すごいっ!!　これは王子の行方に繋がる重大な手がかりですよ!!」

「……ムヒョッ!?　最後の文章はどういうつもりだわいな？　失礼すぎるだわさっ!」

腕を組んだまま憤慨するキン骨マンを、ミートはじろりと睨んだ。

「いやいや、なんかノリでお咎《とが》めなしになってますけど……あなたもどさくさに紛れて、富蟻さんの宝石を盗もうとしてたじゃないですか？」

ぎくりとしたキン骨マンが、わざとらしく咳払いをする。

「ま、まあ今はそんなことよりも、ブタ男の居場所を突き止めることに集中するだわさ！」

ミートは本棚から、国内のトラベルガイドを取り出した。

該当するページを開いたミートは〈呪肉峠《じゆにくとうげ》〉と記《しる》された地域に目を止めた。

「王子がわざわざ人気の少ない森の中へ向かったのは、キン肉星からの追手に見つからないようにするためだと思われます。そうなると、有名な旅館や、チェーンのホテルは避けるはずです。ならば怪しいのは、人目の少ない寂れた宿になりますが……ここなんて、どうでしょうか？」

ミートは、森の中にひっそりと建っている〈呪肉館〉というペンションを指さした。

「おそらく、王子は今ここにいます……すぐに出発しましょう！」

2

ミートとキン骨マンは、霧深い森の中で、古びたペンションを見上げていた。

〈呪肉館〉は周辺の別荘地帯から離れた位置にぽつんと建てられており、左右にとんがり屋根のついた二階建ての西洋建築だった。

鬱蒼《うっそう》とした森のせいで、陽の光は届かず、昼間だというのに周囲は薄暗い。爽やかな避暑地をイメージしていたキン骨マンは、霧に紛れてため息をついた。

「ムヒョヒョ……本当にあのブタ男は、こんなところにいるのかいな?」

「ええ。この辺りは曰く付きの土地らしくて、観光客も滅多に近寄らないそうです。身を隠したい者にとっては、絶好の隠れ家スポットということになりますね」

ミートは移動中に買った、この土地の歴史書を読みながら答えた。

「曰く付き?」と眉をひそめるキン骨マン。本を片手にミートが解説を始める。

「かつて……この土地は、極悪非道な無法者たちによって支配されていた時代があったそうです。村人たちは好き放題に暴れ回る悪党たちに長年苦しんでいましたが、ある時、筋肉の英雄が現れ、その悪党たちを肉体一つで成敗してくれました」

「ムヒョ、普通にいい話だわさ」

「いえ……この話には続きがありまして、悪党たちの支配から逃れた村人たちは、英雄に感謝のもてなしをしました。ですが、村人たちは裏では、その英雄が新たな支配者になることを恐れていたのです！　そこで、英雄に散々酒をふるまって酔わせ、集団で襲いかかり殺してしまったそうなんです。それ以来、その村は英雄の祟りか、不幸が続きました。そして、次第に村人たちはこの土地から逃げるように散り散りになり、今ではこの呪肉館だけが残っているのだそうです」

ミートは手に持った歴史書をぱたんと閉じた。

「ムヒョ〜ッ……気味の悪い伝説だわさ」

キン骨マンが恐怖でぶるぶると全身を震わせた。

「ともかく入ってみましょう」

ミートが呪肉館の玄関に向かって歩き出す。しぶしぶキン骨マンがついていく。

古びた木製のドアを開けると、青い絨毯《じゅうたん》が敷かれた広間が現れた。壁には、霧深い森が描かれた油絵が飾られている。L字型のフロントにはこの宿の主《あるじ》だろうか、エプロンをかけた老婆が立っていた。

「あの〜っ、すみません……お聞きしたいことがあるのですが」

ミートは玄関のドアノブを握ったまま、フロントに向かって声をかけた。しかし、老婆は何も答えない。

「あれ……？　あのっ、お聞きしたいことが……」

ミートがおそるおそるフロントに近づくと、人形のようにぴくりとも動かなった老婆が、かたかたと口を開いた。

「キョキョキョキョ……ご宿泊ですかの？」

長い白髪をお団子にした老婆が不気味に笑い、ミートは思わず息を呑んだ。

「ムヒョ〜〜ッ!!　……お、お化けオババだわさっ!!」

ミートの後方で様子を窺っていたキン骨マンが、恐怖に顔を歪《ゆが》ませて叫んだ。さすがに失礼すぎると、ミートが振り返ってキン骨マンを睨みつけるが、老婆は気にもしてないように涼しげな表情を浮かべている。

「あの、すみません……実は人を探してまして。この宿にキン肉マンという超人が泊まっていないでしょうか？」

単刀直入にミートが訊ねると、老婆はゆっくりと頷いた。

「キン肉マン様なら、一週間ほど前から、1号室にご宿泊されておりますじゃ」

「ええっ!?　ほ、ほんとうですかーっ!?」

「ビンゴだわさっ!!」

キン骨マンがミートに駆け寄り、ガッツポーズをする。失踪したキン肉マンにとうとう辿り着くことができた。興奮気味にミートが老婆に訊ねる。

「それでは、ちょっとだけ1号室にお邪魔してもよろしいでしょうか?」

「キョキョキョキョ……申し訳ございませんが、それはできかねますじゃ」

「え?」

ミートは眉をひそめた。その疑問に答えるべく老婆が訳を説明する。

「キン肉マン様には、1号室に誰も通すなと頼まれておりますじゃ」

老婆はフロントの隣にある階段を見上げた。客室は二階にあるらしい。

「そ、そんな……大事な用件なんです! ちょっとだけでもいいので、お会いするわけにはいきませんかっ?」

「ダメなものはダメですじゃ。どうしても、会いたいなら……キン肉マン様が談話室に下りてくるのを待つしかないですじゃ」

老婆が今度は一階にある扉を指さした。その先が宿泊客が食事を取ったり、自由にくつろげる共有スペースとのことである。

「もっとも、キン肉マン様はこの一週間……談話室に下りてくるどころか、一度も部屋から出てきてないですじゃ。キョ〜〜キョッキョッキョッ！」

魔女のように笑う老婆の前で、ミートはキン骨マンにひそひそと耳打ちした。

「……どうしましょう？　王子が目の前にいるというのに、予想外なことになりました」

「普通に、このオババを張り倒せばいいんじゃないか？」

モラルに欠けた提案をするキン骨マンの脇腹を、ミートは小突《こづ》いた。

「そういう訳にはいきませんっ！　仕方ない、ここは……」

ミートは老婆に向き直すと、財布を取り出した。

「ムヒョッ、買収!?」

目を丸くして驚くキン骨マンを、ミートがひと睨みする。

「ちがいますって、この呪肉館に泊まるんですよ。日が暮れたら、この森から帰る手段はありませんし、宿泊客なら堂々と二階の客室に行けますからね」

ミートの言葉に、老婆はキョキョキョキョと笑った。

「なかなか賢いですじゃ。たしかに、お客様となった以上……このオババがお前さんたちが二階に行くことを止めることはできないですじゃ。空《あ》いている部屋は、あと一室。お二人で5号室に泊まっていただきますすじゃ」

ミートは宿泊者名簿に、自分とキン骨マンの名前を記入しながら頷いた。これで客室がある二階に行くことができる。

「キョキョキョ……それにしても、珍しいこともあるものですじゃ。こんな霧深い森の中にある宿が、超人さんで満室になるなんて」

「えっ？　ボクたちの他には、どんな超人が泊まっているんですか？」

ミートが訊ねると、老婆は宿泊者名簿をペラペラとめくりながら答えた。

「一週間前に1号室にキン肉マン様が入られて、それから本日になって立て続けに、2号室にバイクマン様が。3号室にミスター・VTR様が。4号室にドネルマン様。そして、たった今、5号室にミート様、キン骨マン様が入られて、満室となりましたじゃ」

ミートが首を傾げる。こんな寂れた館に超人が押しかけることに、まず違和感を覚えたが……気になるのは、宿泊客の中に知らない名前があったことだった。

「ドネルマン？　誰ですか、それ？」

「さあ……トルコ出身の超人としか聞いておりませんですじゃ」

老婆は談話室を指さした。

「ちょうど今、キン肉マン様以外の宿泊客が、あちらに揃っておりますじゃ。オババは少しの間、5号室が使えるように仕度しますので、それまで談話室でくつろいでいるといいですじゃ」

二階の階段を上っていく老婆を見送ると、ミートとキン骨マンは一階にある談話室に進んだ。

談話室は部屋の中央にローテーブルが置かれ、それを囲むようにソファーが並んでいる。部屋の隅には暖炉やテレビ、雑誌が並んだ本棚があり、オババの言葉通り、三人の超人がくつろいでいた。

三人の超人は、コの字に並んだソファーにそれぞれ腰を下ろし、互いに目を合わせることもなく、思い思いの時間を過ごしているようだった。

向かって右側に座るのは、７５０ccのバイクが丸ごと胴体となった機械超人・バイクマンである。室内でもフルフェイスヘルメットを装着し、テーブルに広げたロードマップを眺めている。

向かって左側に座るのは、頭部はカメラ、胴体はスピーカー、腰はモニターと編集デッキ、右腕はマイクと……肉体のほとんどが映像編集に関わる機材で構成された機械《きかい》超人・ミスター・ＶＴＲである。何やら体の一部である機材を無言で操作している。

そして、向かって正面奥に座るのが、謎の超人・ドネルマンということになる。トレーナーにジーンズというぱっとしない服装に、ずた袋を被《かぶ》り素顔を隠したヘンテコな格好をしており、世界各地の超人に詳しいミートですら、初めて見る存在だった。

「ムヒョヒョ……なんというか、渋いメンバーだわさ」

隣でキン骨マンが呟いた。たしかに、珍妙な組み合わせである——とミートも思った。キン肉星王位争奪戦で戦った元技巧《ゼブラ》チームのバイクマン、そして、飛翔《マリポーサ》チームのミスター・VTR。なぜ、二人がこんな森の中にいるのか？

「おお、これはこれは……キン肉星大王の重臣《じゅうしん》・ミートくんじゃないか」

ミートの存在に気づいたバイクマンが、気さくに声をかけてきた。さらに隣に立つキン骨マンの存在に気づくと、目の色を変えて立ち上がった。

「むっ！　隣にいる者の服装……レザーグローブにレザーシューズ、そして、その風によくなびきそうな赤いマフラー！　もしかして、バイク乗りかい？」

同志を見つけて嬉しそうなバイクマンに、ミートはすばやく否定した。

「いえ、ちがいます。彼はキン骨マンといって……簡単に言えば犯罪者です」

「簡単に言い過ぎだわさ！」

ミートはこちらの目的を聞かれる前に、先に切り出した。

「ところで、バイクマン。あなたは何の目的があって、ここへ？」

「何って、たまたまさ。この辺は、なんだか曰く付きの土地らしいが、自然は綺麗だし、バイク乗りの間じゃ有名なツーリング・スポットでもあるんだ。オレは今、全国を体一つで回っていて、今日はここが宿ってわけさ」

バイクマンは胸にあるガソリンタンクを、ばんと叩いた。すると、話は聞こえていたのだろう。向かいに座るミスター・VTRも身を乗り出してきた。

「オレも似たようなものさ。この辺は人も寄り付かないし、写真撮影にもってこいなんだ。来月に控えた超人写真コンクールで優勝するため、今日から一人合宿さ！」

そう言うと、ミスター・VTRは腰に付いたモニターのスイッチを押した。ウィーンという音とともに、宇宙を背にした地球の画像が映し出される。

「ムヒョッ？」

キン骨マンが物珍しそうに、ミスター・VTRのモニターを覗き込んだ。

「これはオレが、地球に来た際に撮影したものさ。そして、ここからが、この呪肉峠で撮影したものだ」

ミスター・VTRがスイッチを押すたびにモニターの画像が切り替わり、呪肉峠周辺の自然風景が次々と映し出される。

「最近はカメラの性能も上がってきて、素人《しろうと》でもクオリティの高い写真を撮れる時代になってきたが……そのせいで、構図やレタッチに対する知識が赤子同然の、にわかカメラマンが増えてきた！　大切なのはカメラではなく、シャッターを切るのが誰かということであって……」

突然、熱いカメラトークをし始めたミスター・VTRに、ミートは曖昧《あいまい》に頷きながら、正面に座るドネルマンに視線を移した。

ずた袋を被った正体不明の超人は、賑やかになったこちらの会話に交《ま》じることもなく、まるでミートの視線を遮るように新聞紙を広げている。

——誰だ？　本当にただの無名の超人なのか？

「……で、お前たちこそ、どうしてここに来たんだ？」

訝《いぶか》しげな表情を浮かべるミートの顔を覗きながら、バイクマンが肩をすくめた。

「えっと、実は……行方不明になった王子が、一週間前からこの呪肉館に潜伏してることを突き止めまして、キン肉星に連れ戻しに来ました」

「なにぃ〜っ!?　キン肉マンが泊まっているのか、ここに!?」

すっとんきょうな声を上げるミスター・VTR。

ミートはバイクマンとVTRに、ここまでの経緯《いきさつ》を説明した。ちょうどその時、談話室の扉が開いて、老婆が現れた。

「ミート様、キン骨マン様……お部屋の準備ができましたので、ご案内しますですじゃ」

こうして、ミートとキン骨マンは、老婆に先導されて二階に上がることになった。談話室にいた超人たちも、それをきっかけに部屋に戻ることにしたらしい。バイクマン、ミスター・VTR、ドネルマンの三人がぞろぞろとついてくる。

二階は長い片廊下に沿って五つの部屋が並んでいた。キン肉マンが宿泊しているという1号室を見つめながら、ミートたちは一番離れた5号室に案内された。

「それでは……ごゆっくりですじゃ」

部屋への案内を終えた老婆が一階に戻っていく。

ミートは荷物を置くと、すぐに廊下に出て、キン肉マンがいる1号室の前に立った。

――この扉の向こうに、王子が!!

心臓の鼓動が速くなる。ミートはゆっくりと1号室のドアをノックした。

3

「王子、ここにいるのは分かっています。キン肉星に帰りましょうっ」

ミートは1号室のドアをノックをしながら、キン肉マンの名を呼んだ。

「王子！　ドアを開けてください！　ここにはいるのは分かっているんです！　一緒にキン肉星に帰りましょうっ！」

ミートのノックが次第に激しくなる。

「ムヒョッ……大丈夫なのか、ミート？　もっとこっそりやらないと、一階のオババが止めに来るんじゃないか？」

後ろに立つキン骨マンが、一階に続く階段を気にしながらミートの肩を摑んだ。

「心配要りません。あのお婆さんは、どうやら耳が遠いようですから」

「ムヒョ？　そうなのか？」

ミートは軽く振り向くと、キン骨マンにフロントでの出来事を説明した。

「ボクたちが最初に、呪肉館に入った時、いくら玄関から声をかけても、お婆さんはちっとも反応しませんでしたよね？　ボクがフロントの前に立つと、ようやく口を開くようになり、その後、あなたが玄関からめちゃくちゃ失礼な言葉を叫んだのも、聞こえていないようでした」

「ム、ムヒョ……たしかに！」

しかし、声が届かないのは一階にいる老婆に限る。廊下の騒がしさが気になった他の宿泊客たちが、一斉にドアから顔を覗かせる。

「ふん。オレたちと死闘を繰り広げて、ようやく王位を手にしたというのに、キン肉星はさっそくお家騒動かい？」

2号室のバイクマンがため息をついた。

「キン肉マンを引きずり出したいというのなら、手伝うぜ？　こちとら、奴のせいで一度死んでる身なんだ……」

3号室のミスター・VTRが腕をポキポキと鳴らした。

「い、いえ……これはキン肉族の問題なので、皆様の手を借りるわけにはいきませんっ」

ミートが二人の超人に頭を下げる。一方、4号室では謎の超人・ドネルマンが僅《わず》かに開けた扉の隙間から、廊下の様子をじっと覗き見ていた。

他の超人の目もあるので、ミートはドアを優しくノックして、静かに語りかけた。

「王子、開けてください。ボクです、ミートですっ」

すると、1号室のドアが半分ほど開き、中から行方不明となっていた超人が姿を現した。額《ひたい》に書かれた〈肉〉の文字、ニンニクのような丸い鼻、分厚い唇に筋骨隆々の肉体、見慣れた赤いパンツ姿の超人が、ひょっこりと顔を覗かせる。

「お……王子～～っ!!」

ミートは、とうとう失踪していた主との再会を果たした。気づいたら目に涙を浮かべていた。

「ミート、よくここが分かったな。迷惑かけてすまんかったの～っ」

赤いパンツの超人は、照れ臭そうに頭を掻きながら、謝罪の言葉を口にする。

「いえっ、ともかく……王子が無事なことが分かり安心しました」

ミートはそう言いながら戸惑いの表情を浮かべた。てっきり、『大王の職務など、私には合わんのじゃ～っ！』などと叫びながら、ドタバタと逃げ回ると思い込んでいたが、今日のキン肉マンは妙に素直だった。

「とりあえず、王子……部屋から出てきてくれませんか？　それとも、ボクが部屋に入ってもいいですか？」

キン肉マンは未だに、半分だけ開けたドアの隙間から体を覗かせている。まるで、部屋から出る気も、中に人を招く気もないかのようだった。

「す、すまんがミート、あと少しだけ私に一人の時間をくれないか？　明日の朝一に必ず、ここをチェックアウトして、キン肉星に帰ると約束するからっ」

「えっ？　しかし……」

「たのむ！　明日から大王の職務にきちんと向き合う！　その前に一度でいいから……旅先の宿に置かれたテレビで、有料チャンネルを観てみたかったんじゃ～っ！」

キン肉マンは両手を合わせて、ミートに懇願した。

「そ、そんな理由で……？　わ、分かりました。その代わり、明日の朝一でキン肉星に帰りましょう。それまでは、ゆっくりと羽を伸ばしてくださいっ」

キン肉マンは「すまんの〜っ」と言いながらドアを静かに閉じた。ミートは1号室のドアの前で立ち尽くした。

〈失踪した大王をキン肉星に連れ戻す〉というミートの任務は、あっけなく終わりを迎えようとしていた。だが、どこか釈然としない。

廊下を見ると、バイクマンやミスター・VTR、そして謎の超人・ドネルマンは、すでに自室に戻っており、背後ではキン骨マンが、顎に手を当てながら首を傾げていた。

「ムヒョヒョ……妙だわさ。あのブタ男のことだから、『大王の職務など、私には合わんのじゃ〜っ！』とか叫びながら、ドタバタと逃げ回ると思ったら、えらく素直だったじゃないか」

「……ええ。ですが、それだけに王子の陰の苦労を知ることができました。ちょっと前まで、超人レスラーだった王子が、今ではキン肉星を束ねる大王となったのです。いくら王子が呑気に見えても、その重圧は相当なものだったのでしょう。だから、王子は束の間の休息をとるために、お忍びでこの呪肉館を訪れた。世間では、人が近寄らない不気味な土地でも、常に衛兵に監視された生活を続けている王子からしたら、天国に思えたのかもしれません」

ミートは閉じられた1号室のドアに視線を移した。

「王子がそこまで追い詰められていることに気づけなかったことを反省しています。明日からは、また大王としての激務が待っているのですから、今日一日くらい、自由にお過ごしください」

そう言いながら、ミートはぺこりと頭を下げると、キン骨マンと共に5号室に戻っていった。


こうして、ミートは明日の朝まで呪肉館で過ごすことになった。

日が暮れると夕食となった。宿泊客が談話室で食事を済ますことになったが、やはり、キン肉マンは部屋から出てくることはなかった。

バイクマンとミスター・VTRは夕食が済むと、明日に備えて早々と自室に戻っていった。妙に口数が少なくなったキン骨マンと、元々無口のドネルマンも、しばらくすると就寝するため、二階へ上がった。

談話室にはミートだけが残った。掛け時計を見ると夜十時。

「そろそろ、ボクも寝るか」

談話室を出ると、フロントで老婆が牛丼を載せたトレイを持って、二階へ上がろうとしていた。ミートは老婆を驚かさないように正面に回り込み、声をかけた。

「あの、それって王子の部屋に運ぼうとしているんですか？」

「キョキョキョ……そうですじゃ。キン肉マン様はこの一週間、部屋から出て来ないので、食事はオババがお部屋に運んでおりますじゃ」

老婆はそう言いながら、階段を上ろうとするが、足腰が悪いのか牛丼を持ったまま、ぷるぷると震えている。

「わっ、危ないですよっ！　よかったら、その牛丼、ボクに運ばせてください」

老婆は一瞬、迷ったような素振りを見せたが、少しの間の後、ミートに牛丼が載ったトレイを手渡した。

「キョキョキョ……まあ、いいですじゃ。部屋には誰も通すなと言われておるが、食事を運ぶのを誰かと指定されたわけじゃないですじゃ。それじゃ、これは任せたですじゃ。オババはもう寝ますじゃ……」

そう言うと、老婆はフロントの奥にある部屋へと消えていった。

牛丼を手にしたミートは、さっそく二階に上がると、1号室のドアをノックした。

「王子っ。お婆さんの代わりに、牛丼をお持ちしました。開けてくださいっ」

すると、すぐにドアが半分開き、中からキン肉マンが顔を覗かせる。

「おお〜、ミート。わざわざ牛丼を持ってきてくれたのか、すまないの〜」

キン肉マンは牛丼を受け取ると、そのまま部屋に戻ろうとする。やはり、どこかよそよそしい。

「王子……明日からはこのミートが、重臣として大王の仕事をサポートします。なので今夜はゆっくりと英気を養ってくださいね」

「ありがとうミート。キン骨マンにもよろしく伝えといてくれ」

キン肉マンはそう言うと、ゆっくりとドアを閉じた。

「おやすみなさい、王子」

ミートは1号室のドアに向かって呟くと、就寝するため5号室に戻った。

部屋の中ではツインベッドの片側でキン骨マンが、いびきを立てて爆睡していた。それを見ると、ミートも眠気が込み上げてきた。

明日の朝には全てが解決する——その安堵感から、ミートはベッドに倒れ込むなり、泥のように朝まで眠りこけた。

それから少しして、何者かが1号室のドアをノックした。

今まさに牛丼に手をつけようとしていた1号室の主が、箸を置いてドアに近寄る。

「王子、開けてください。ボクです、ミートですっ」

「どうしたミート？　今度はなんじゃ？」

そう言いながらドアを開けた瞬間、何者かが有無を言わさず襲いかかった。

4

翌朝、午前七時。

朝食を取るために、宿泊客が談話室に集まった。

ミートはテーブルに並べられたトーストやスクランブルエッグを口にしながら、室内を見回した。

昨夜の夕食の時もそうだったが、謎の超人・ドネルマンは意外と食い意地が張る男だな、とミートは思った。ミステリアスな風貌とは対照的に、かれこれ八枚目のトーストにかじりついている。

ミスター・ＶＴＲは絶景スポットが載った雑誌をテーブルに広げながら、入念に自身のレンズを布で磨いている。

バイクマンは朝食を手短に済ますと旅の再開に備え、外でエンジンをふかしながら、自身のボディの整備をしていた。ブロロ～ンといったエンジン音が談話室に響く。それを聞きながらキン骨マンがため息をついた。

「ムヒョヒョ……バイクマンのエンジン音を聞くと、昨夜の不気味な山鳴りを思い出すだわさ」

「山鳴り？」

ミートが首を傾げる。キン骨マンは気持ちを落ち着かせるように、コーヒーを一口啜ってから話し出した。

「深夜三時ごろだっただわさ……なぜだか、急に目が覚めてしまって、外に出て星空でも眺めようとしたんだわさ。そしたら、どこからともなく不気味な山鳴りのような……いや、怪物の呻き声のようなものが聞こえて、怖くなってすぐにベッドに戻ったんだわさ。あれは間違いなく、筋肉の英雄の断末魔だわさ!!　祟りは本当にあるんだわさ……!!」

キン骨マンの表情がみるみる青ざめていく。向かいに座るミスター・VTRが、からかうように笑い出した。

「カカカッ……その幽霊ってのはレンズにも映るのかい？　そしたら、オレが写真に収めて、宇宙心霊写真コンテストにも出場してやるんだがな」

ミスター・VTRの顔面のレンズが、カシャーッと音を立てて回転する。

「う、うそじゃないだわさ……!!」

キン骨マンが声を荒らげる。ミートは半信半疑のまま、オレンジジュースを口にした。

「深夜三時ごろですか。ボクは完全に寝てましたが、そんなことが……」

呪いや祟りなんてものは信じていないが、キン骨マンが寝ぼけていたわけでもなさそうだった。だが、今はそんな謎に構っている暇はない。

「さて、もう少ししたら、王子を迎えに行きましょうか……」

——どんっ。

その時、二階から人が倒れるような鈍い音がした。談話室でくつろぐ超人たちが反射的に天井を見上げる。

「ムヒョッ？　今の音はなんだわさ？」

「わ、分かりません。ただ……今、二階の客室にいるのは王子だけです！」

嫌な胸騒ぎがした。ミートは気づいたら談話室を飛び出していた。

フロントでちょこんと座っている老婆には、二階の物音が聞こえなかったのだろう。ドタバタと客室に続く階段を駆け上がっていくミートと、慌てて追いかけるキン骨マンを不思議そうに眺めていた。

「王子っ!!　何かあったのですか!?　王子——っ!!」

1号室に辿り着いたミートはこれでもかと激しくドアをノックするが、まるで応答がない。次にドアに耳を当てて、中の様子を探るが、室内に人がいる気配はなかった。

ミートがダメもとでドアノブを捻ってみると、ガチャリと音を立てて、ドアはすんなりと開いた。

「えっ？　鍵がかかってない……？」

ミートは嫌な予感を振り払うように、勢いよくドアを開いて室内に飛び込んだ。

「王子――っ!!　何かあったん……」

目の前に飛び込んできた光景にミートは言葉を失い、その場で硬直した。その後ろから、キン骨マンが室内をおそるおそる覗き込む。

「ゲ……ゲエエエエ――――――――ッッ!?」

キン骨マンの驚愕の叫びがこだました。

1号室の真ん中で、キン肉マンが苦悶《くもん》の表情を浮かべたまま横向きになって倒れていた。そして、その分厚い胸板には、短剣が深々と突き刺さっており、床一面に血溜まりが広がっている。確かめるまでもなく、キン肉マンは絶命していた！

――なぜ!?　どうして、王子が!?

ミートは魂を抜かれたように、目の前に横たわる亡骸《なきがら》をじっと見つめた。

キン肉マンの胸からは今も血が流れ、血溜まりの面積を広げ続けている。

つまり、キン肉マンは……たった今、殺害されたばかりなのだ。

「……王子」

ミートは自分が仕える主が殺されたというのに、驚くほど冷静に殺害現場を見回した。

いや、主が殺されたからこそ、ミートは冷静にならなくてはならないと……己《おのれ》に言い聞かせた。この部屋に残る、どんな小さな手がかりも見逃さず、必ず犯人をこの手で捕まえてみせると心に誓った。

——王子！　あなたの仇は、ボクがとりますっ！

腰を抜かして狼狽《うろた》えているキン骨マンを尻目に、ミートは静かに現場検証を行った。

木目調の床に、簡素なベッドと机、古ぼけたテレビくらいしかないシンプルな客室。室内に唯一ある窓はカーテンが閉じられていて、カーテンをめくると窓の鍵は閉まっていた。

そして、机にはまだ手付かずのままの牛丼が置かれている。

「え？　あの王子が、牛丼を食べなかったなんて……？」

ミートは床に横たわるキン肉マンに視線を移した。

胸に刺さった凶器は、禍々《まがまが》しい意匠が施された西洋風の短剣だった。そのデザインと柄《え》の先が平べったいことから、戦闘用ではなく、儀式用のものだと思えた。

——どうして、わざわざ犯人は刃物を使って王子を殺害したんだ？　ん……？

ミートがキン肉マンの死体に違和感を覚えた時、後方からドタバタと足音が聞こえた。

振り返ると、騒ぎが気になったミスター・VTR、バイクマン、ドネルマンの三人が1号室に集まってきていた。

三人の超人は、キン肉マンの死体を目にして唖然としている。ミートは力強く叫んだ。

「皆様、王子が何者かに殺されました！　これは超人による殺人……超人殺人です！　ボクは必ず、王子を殺した犯人を見つけ出しますっ！　そのためにも皆様には、少しの間だけ、この呪肉館に留まっていただきます！」

三人の超人がそれぞれ顔を見合わせる。

「なにぃ～っ!?　出発前になんなんだよ？　超人殺人だって～？」

バイクマンが不満げに肩をすくめた。

「それより、オレたちにこの館から出るなだと……？　それじゃ、オレたちの中に犯人がいると言ってるようなもんじゃないか」

ミスター・VTRの顔面のレンズに警戒の色が浮かぶ。

ドネルマンは無言で、部屋に横たわる死体をぼうっと見つめていた。死体を眺めているというのに……まるで、どこか他人事《ひとごと》のような態度がミートは気になった。

張り詰めた空気の中、腰を抜かしていたキン骨マンが立ち上がり、口を開いた。

「どうするんだ、ミート？　この前みたいに超人強度を譲渡してキン肉マンを蘇らせるのか……!?」

「いえ……それは、難しいでしょう」

ミートは力無く答えた。

キン肉マンの超人強度は95万パワー。50万パワーのミートが命を差し出しても蘇生することは叶わない。また、キン肉マンとの関わりが薄いバイクマンとミスター・ＶＴＲが協力してくれるとも思えなかった。

「この事件の犯人は、推理によって追い詰めます！」

ミートは自身を鼓舞するように、言葉に力を込めた。

「だ、だがミートよ……キン肉マンが殺されたのは、ついさっきのはずだわさ！　その時に、みんなは談話室にいたというのに、どうやって犯人は二階にいたキン肉マンを殺すことができたんだわさ？」

ミートは重々しく頷いた。

「問題はそこです。ボクたちがこの部屋に来た時、短剣が刺さった王子の胸からは血が流れていました。直前の状況から考えて、王子が殺されたのは、談話室でボクたちが人が倒れるような物音を聞いた時でしょう。その時に談話室にいたボクやキン骨マン、ミスター・VTRやドネルマンに犯行は不可能です！」

「ムヒョヒョ……そうだ、あの時に一人だけ談話室にいなかった奴がいただわさ」

自然と皆の視線がバイクマンに集まった。

「おいおい〜っ。確かにオレはその時に外にいたが、旅の再開に備えて自分の体を整備してたのを知ってるだろ？　みんなだって、オレのエンジン音が聞こえてたはずだ！」

バイクマンは出発前に温めていた胸のエンジンをばしんと叩いた。

「ムヒョヒョ……そうだわさ。ということは、この中にいる超人全員にアリバイがあるってことになるだわさ」

キン骨マンが頭を抱える。一方、ミートはそれだけでは納得ができず、カーテンが閉まった出窓をもう一度調べた。

「この1号室の窓からは、呪肉館の玄関方向が見渡せます。ということは……何者かがこの窓から侵入した場合、外で自身の体を整備していたバイクマンに見られてしまうことになりますね」

ミートが訊ねると、バイクマンは「うーむ」と言いながら腕を組んだ。

「まあ、そうなるな。オレも二階の窓を見張ってたわけではないから、断言はできないが、少なくとも窓から侵入した超人はいなかったはずだ」

ミートは窓を開けると、外側の壁を見下ろした。

「バイクに変形できるあなたなら……この壁くらい垂直に走って、簡単に登ってしまいそうですね」

「な、なにぃ〜っ!?」

疑いの目を向けられて、バイクマンが拳を握りしめる。だが、壁にはタイヤの跡は残っていない。バイクマンが犯人だとしても、1号室の侵入方法は別にあるのだろう。

「すみません。事件解決のためにも、この場にいる全員を疑わせていただきます」

そう言いながら、ミートはミスターＶＴＲに視線を移した。

「ミスター・ＶＴＲ……あなたは映像編集に関する、実に様々な能力を持っていますね。王子が殺された瞬間、ボクたちと談話室にいたとはいえ、それだけであなたを容疑者から除外するわけにはいきません」

「フン……お前は、オレの試合を観たことがあるだろう?」

ミスター・ＶＴＲはテレビの横に置いてあるリモコンを、ミートに向かって放り投げた。

「オレはそのリモコンにあるたいていのことは、現実に再現することができるぜ。早送り、巻き戻し、一時停止……他にも、背景を合成して、目の前の景色を変える〈シーン・チェンジャー〉なんて能力もある。だが、いくらオレでも、談話室でみんなが見守る中、二階にいるキン肉マンを殺すことはできない！」

　静かな怒りを見せるミスター・ＶＴＲに、ミートはごくりと息を呑んだ。たしかに、談話室でミスター・ＶＴＲが不審なことをした様子はなかった。いくらミスター・ＶＴＲの能力が多彩であっても、以前、解決した〈四次元殺法殺人事件〉の時のように、瞬間移動や分身ができるわけではないのだ。

「ムヒョヒョ……そうなると、残すはお前だけだわさ！」

　キン骨マンは、ずた袋を被った謎の超人を指さした。ドネルマンはこの状況でも無言で、素顔を晒す気はないようだった。ミートが睨み合う二人に割って入った。

「いえ……まずはキン骨マン、あなたの無実を証明してください」

「ムヒョッ……!?　あちきまで疑うつもりか、ミート!?」

　キン骨マンが自分の顔を指さしながら叫んだ。ミートは静かに頷きながら、ルピーンから送られた手紙の最後の一文を思い出した。

『追伸　キン骨マンは信用できません。置いていった方がいいでしょう』

　──あれは、どういう意味だったのか？

「疑うもなにも、キン骨マン……あなたがボクと行動を共にしたのは、そもそも『王子にリベンジを果たすため』だったはずですよね？」

「そ、そうだが、あちきには……殺害時刻に談話室にいたというアリバイがあるだわさ！」

キン骨マンの額に汗が浮かぶ。ミートは容赦なく追及した。

「では、あなたに共犯者がいたとしたらどうでしょうか？　あなたは昨夜、寝付けなくなったという理由で、呪肉館から外に出ていますが……本当はその時に、外で待機していた共犯者と〈キン肉マン殺害計画〉の打ち合わせをしていたんじゃないですか？」

ミートの脳裏に、ある怪人の姿が浮かんだ。キン骨マンの舎弟であり、常に行動を共にしていたにもかかわらず、キン肉マン失踪以来、一度も姿を見せていない者がいる。

「今まで起きた超人殺人は、犯人が己の肉体を駆使して標的を殺害しています。ですが、今回の事件には、わざわざ凶器が使用されました……それはなぜか？　答えは、犯人に標的を殺害できる〈必殺技《フェイバリット》〉がなかったからではないでしょうか？　つまり、犯人は超人ではなく〈怪人〉だったのでは？」

「で、でたらめなことを言うなだわさっ!!」

キン骨マンがいつになく真剣な表情で叫んだ。

「……たしかに、あちきはキン肉マンに復讐をするため、お前と行動を共にしただわさ。ただ、昨日の奴の覇気のない姿を見て、それまでの復讐心が嘘のように消えただわさ。昨日のブタ男は、あちきの知るキン肉マンじゃないだわさっ！　あちきの中で、キン肉マンはすでに死んだも同然……だから、大王になって、別人のように変わり果てたキン肉マンを、今更殺すなんてあり得ないだわさっ！」

悔しさと切なさが入り混じった叫びが、室内にこだまする。

ミートはキン骨マンの目に涙が浮かんでいるのを見た。

「だから、あなたは昨日、この部屋で王子と再会してから、口数が少なくなったのですね。かつてのライバルが、復讐に値しない人物に変わってしまったことが虚《むな》しくて……」

キン骨マンが嘘をついているようには見えなかった。ミートはテーブルに置かれたままの牛丼に視線を移す。キン肉マンがまだ誰にも実力を認められず、ダメ超人、アホ超人とヤジを飛ばされながらも、怪獣退治をしていた時代を思い出した。

キン肉マンにとって最初の〈悪人〉キン骨マンだからこそ、この超人殺人を実行できるようでもあり、絶対にしないようでもあった。

ミートは目の前の牛丼を見つめながら、犯人が誰かを考えた。

その時、妙なことに気づいた。

昨夜運んだ割には、牛肉や玉ねぎの色味がくすんでいないのである。まるで、作られてから、ほとんど時間が経過していないかのように……。

試しにミートは、牛丼に手を触れてみた。
「えっ!?　そ、そんな……!?」
信じられないことに牛丼の具材も、どんぶりも、まだ微かに温かかった。
――そうか。そういうことだったのか……
ミートの脳に稲妻が走る。
「……今回の超人殺人、その謎は全て解けました!!」
正義超人界一の頭脳と謳《うた》われたミートが、ついに真相に辿り着いた。
犯人はどのようにして、二階にいるキン肉マンを殺害したのか?
なぜ、今回の殺人には凶器が使われたのか?
なぜ、昨夜に届けられた牛丼はまだ温かいままなのか?
今、解決編のゴングが鳴った!!

5

霧深い森の中に建てられた、曰く付きのペンション――呪肉館。
その1号室に集まった超人たちは、お互いに顔を見合わせた。

キン骨マン、バイクマン、ミスター・VTR、ドネルマン……果たして、この中に犯人はいるのだろうか。

ミートはカッと目を見開くと、最後の推理を始めた。

「今回の超人殺人のポイントは二つあります。一つは、なぜ犯人はわざわざ、王子を殺すのに凶器を使ったのかということです！　真っ先に考えられる理由は、超人オリンピックV2の実績を持つ王子に、正面からぶつかっても勝てないと判断したからでしょう！　しかし、理由はそれだけではありません……それは！」

その時、ミートの言葉を遮るように、キン骨マンが叫んだ。

「犯人は〈超人〉ではなかった!!　……もちろん〈怪人〉である、あちきも犯人ではないから、そうなると考えられるのは〈人間〉であるオババだけだわさっ!!」

キン骨マンの言葉に、周囲の超人たちがざわついた。

「あ、あのオババが犯人だって!?」

バイクマンが大きく後ろにのけぞって驚いた。

「いや……あり得る。この館の店主なら、室内にいくらでも仕掛けを施すことができるんだからな！」

ミスター・VTRが顔を強ばらせたまま頷いた。

今にも一階のフロントに押しかけそうな超人たちを、ミートは声を上げて制止した。

「お婆さんが犯人ということはあり得ません！　呪肉館に何か細工を施すくらいなら、食事に毒でも混ぜた方がよっぽど簡単です！　それに一週間前からこの館に宿泊していた王子を、ボクたちが揃った日に殺害する意味が分かりません！」

ミートの言葉でざわついていた室内が静まり返る。

「ムヒョッ!?　では、犯人は……」

「残念ながらボクたちの中にいます！　王子を殺すのに凶器を使った理由は、直接、王子を殺したのではなく、ある能力を駆使して、殺しの時限装置を作ったからです！」

「殺しの時限装置……!?」

キン骨マンが目を丸くしながら、室内にいる三人の超人を見回した。

「今回の超人殺人……二つ目のポイントは、王子が殺された瞬間、全員にアリバイがあったということでしょう。つまり、犯人は王子が絶命する瞬間、アリバイを証明するため、悠々と談話室でくつろいでいた人物ということになります。そんな芸当ができるのは、この中に一人しかいません！」

室内にいる超人全員がごくりと息を呑む。ミートは勢いよく犯人を指さした。

「犯人はあなたですね……ミスター・ＶＴＲ!!」

ミートの口から、とうとう犯人の名が叫ばれた。しかし、ミスター・VTRは不敵な笑みを浮かべると、深いため息をついた。

「やれやれ……何を言うかと思いきや。どうやってオレに、二階にいるキン肉マンを殺すことができたっていうんだ？」

ミスター・VTRが挑発するように肩をすくめる。ミートも負けじと鋭い眼差しを相手に向けた。

「……今回の事件は恐ろしく惨《むご》いトリックが使用されました。身の毛もよだつような、悪魔の時間差トリックです！」

「ムヒョヒョ……あ、悪魔の時間差トリック!?」

周囲がざわつく中、ミートは〈キン肉マン殺し〉のからくりを説明した。

「王子が死亡した時刻は、ボクたちが談話室にいた今朝の七時ごろ……死体の状況から見ても、それは間違いないでしょう。ただ、王子が犯人に襲われたのは、それよりもずっと前、おそらくは昨夜、ボクがこの部屋に牛丼を届けに行った直後の夜十時過ぎだったはずです。それができたのはミスター・VTR……あなただけです！」

「なぜ、そんなことが言える？」

ミスター・VTRが首を傾げた。他の超人も理由が分からず、曖昧に頷く。

「一つは、この部屋のカーテンが閉まっていたことです。王子が殺されたのが起床後の朝なら、カーテンは開けられていたはずです。この時点でバイクマンが容疑者から除外されます。バイクマンが犯人なら、夜の時点で王子を殺す時間差トリックの用意ができていたのだから、朝になって一人だけ呪肉館の外に出て、自分が疑われるような真似はしないはずです」

ミートの推理に、ミスター・ＶＴＲが口を挟んだ。

「だとしても、カーテンはキン肉マンが襲われたのが夜の間だったという証明にしかならんぞ。それなら、深夜三時ごろに寝付けずに出歩いたというキン骨マンが、皆が寝静まったのを見計らって、キン肉マンを襲撃したという可能性もあるじゃないか？」

「ムヒョッ!?」

疑いの目を向けられたキン骨マンが、助けを求めるようにミートを見つめる。

「残念ですが、キン骨マンには犯行は不可能です。この部屋には、ボクが届けた牛丼が手をつけられないまま残されていました。キン骨マンが起き出した深夜三時ごろまで、王子が牛丼を口にしないままだったとは考えにくいです。つまり、キン骨マンが外に出歩いた頃には、王子はあなたによって殺されていたのです」

それを聞いたキン骨マンはぞっとした。寝付けなくて、何気なく部屋から抜け出した時、廊下の向こうでキン肉マンの死体が転がっていたとは夢にも思わなかった。

「ふん……キン肉星の大王は面会謝絶のナーバスな状態だったんだろう？　たまたま牛丼を食べなかっただけかもしれん」

ミスター・VTRが、今も床に横たわる死体を見て笑った。その態度にミートが眉間にシワを寄せた。

「……では、仮にキン骨マンが犯人だとすれば、彼はどうやって、この部屋に侵入したのでしょうか？」

「そんなもの知るか。オババのいるフロントからマスターキーでも盗んだのだろう」

ミスター・VTRが吐き捨てるように答えるが、ミートは首を横に振った。

「それは、あり得ません。ボクたちが王子の死体を発見した時、この部屋の鍵はかかっていませんでした。つまり、犯人は1号室の鍵を盗み出したり、複製して侵入したわけではありません。1号室の鍵があるなら、出る時に鍵をかけておけば、事件現場は密室になります。そうすれば、王子の自殺説も浮かび上がり、犯人が逃げおおせる確率が上がるはずです。それを敢《あ》えてしなかったということは、犯人が1号室に侵入した方法は一つ……王子自身にドアを開けてもらったのです！」

「ム、ムヒョ〜ッ？　そんな方法じゃ、キン肉マンが寝てたり、警戒してドアを開けてくれなかったら、この部屋に入れないだわさ！」

キン骨マンの見解は正しかった。ミートが力強く頷く。

「そうです。だから、キン骨マンには王子を殺すことができないんです！　キン骨マンが寝付けずに起き出したという深夜三時に王子が起きていたという保証はありませんし、そもそも、キン骨マンのような怪しい男が深夜に訪れて、素直にドアを開ける人間なんて、この世にいません！　まず警戒するのが自然でしょう。キン肉星からお忍びで日本に来ていた王子なら、尚更のことです」

キン骨マンは自身の疑いが晴れてホッとしたことと、ものすごく失礼なことを言われたショックで、喜んでいるのか、泣いているのか分からない複雑な笑みを浮かべた。

ここで、ミスター・VTRが両手を広げて笑い出した。

「カーカカカッ……それなら、オレだって条件は同じだろう！　オレはキン肉星王位争奪サバイバル・マッチにおいて、マリポーサ様に忠誠を誓い、一度はキン肉マンに刃を向けた……言わば、敗軍の残党のようなものなんだぞ？　そんな者を絶賛警戒中のキン肉マンが、簡単に自室に迎え入れるか？」

ミートは少しも動じることなく、メガネをくいっと押し上げた。

「そうですね、まずはあなたが1号室に侵入したトリックから説明しましょう。あなたの言う通り、自分の部屋に誰にも通すなとお婆さんに伝えていた王子が、不用心に付き合いが薄い者を部屋に招き入れるとは考えにくいです」

ミートはこの呪肉館に来た時と、牛丼を届けに行った時のことを思い出した。

「ですが、王子は……長年の付き合いのボクが部屋に押しかけた時は、二度ともドアを開けてくれました。つまり、1号室のドアを開ける鍵は……ボク自身だったんです」

「ど、どういうことだわさ？　VTRの奴は、ミートに変身することができるのか？」

キン骨マンが訊ねると、ミスターＶＴＲがかぶりを振った。

「まさか……オレの能力にも限度はある。変身なんて芸当はできん」

ミートは指を立てると、おもむろに口元に当てた。

「はい……なので、ミスターＶＴＲは、ボクの〈声〉を盗んだのです」

「こ、声〜〜っ!?」

キン骨マンとバイクマンが同時に叫んだ。ミートが間《ま》を置かずにまくし立てる。

「ミスターＶＴＲの右腕はマイクになっており、あらゆる音声を録音・再生することができます！　思い出して欲しいのは、ボクがこの呪肉館に来て、王子の姿を確認するため1号室のドアを何度もノックしていた時です。騒ぎが気になって、他の宿泊客も廊下に顔を出して、様子を窺っていましたが……あの時、ミスターＶＴＲはボクが何度も口にした『王子、開けてください。ボクです、ミートですっ』といった発言を録音していたのでしょう。そして、夜！　ボクが王子に牛丼を届けに行った直後……王子が寝てしまわないうちに、1号室の部屋をノックして、録音した音声を胸のスピーカーから再生しました！　てっきり、ボクがまた来たのかと思った王子は、警戒もせずにドアを開けてしまい、不意を突いたミスター・VTRによって、気絶させられたのです！」

ミートの推理によって、ミスター・VTRが徐々に冷静さを失っていく。

「ば……ばかばかしいっ！　それに、どうしてオレがこの部屋に侵入したタイミングが、お前が牛丼を届けた直後と断定できる？　テープレコーダーを隠し持っていたキン骨マンが、同じ方法を使って侵入した可能性だってあるじゃないか！　深夜三時ごろに出歩いたというのも、嘘の可能性があるだろう！」

激昂するミスター・VTRに、ミートは冷静に反論した。

「いいえ、キン骨マンは嘘をついてません。ではなぜボクが、あなたがこの部屋に侵入したタイミングを断定できるのか？　それは……昨夜に届けられた牛丼が、朝になってもまだ温かかったからです！　それこそが、あなたが実行した〈悪魔の時間差トリック〉の正体だったんです！」

いよいよミートが、キン肉マンを殺害したトリックを解き明かす。ミスター・VTRの額に汗が浮かぶ。その様子を固唾を呑んで見守るキン骨マンとバイクマン。ここまで、沈黙を貫いていたドネルマンも「ぬぅ」と言葉にならないような声を漏らした。

「それでは、ミスター・VTR……あなたが王子を殺した〈悪魔の時間差トリック〉について順を追って説明します。まず、あなたは事前に録音したボクの音声を使って、王子に部屋のドアを開けさせせると、間髪入れずに襲いかかり、王子を気絶させせました。あるいは、あなたにはレンズに映る対象の動きを一時停止させる〈アクション・ストップ〉という能力があります。それを使って、王子の身動きを封じたのかもしれません。ここで、重要なのは……王子を殺したのは、この時ではないということです！」

それが何を意味するのか、まだキン骨マンやバイクマンには分からない。曖昧に頷きながら、ミートの推理に耳を傾ける。

「次にあなたは凶器となった短剣を、刃が天井に向くようにして床に置きました！　そして、気を失っている王子を短剣の側《そば》に立たせます……」

ミートは、先ほどミスター・VTRが放り投げたテレビリモコンを床に立たせると、その側で直立不動になってみせた。

「ムヒョヒョ……まさかっ!?」

キン骨マンがカタカタと震えながら叫んだ。

ミートは無言で頷くと、そのまま勢いよく、リモコンに向かって倒れ込んだ。うつ伏せの状態で倒れたミートの胸にリモコンがめり込む。どん……という鈍い音とともに、ミートはごろりと横向きに転がった。1号室の床には、全く同じような体勢で横たわるキン肉マンとミートが並んだ。

「こ、これは……こんな方法が!?」

バイクマンは雨の日にドライブしたかのように、全身を汗で濡らしながら驚愕した。

ミートはむくりと立ち上がると、改めてキン肉マン殺人のトリックを説明した。

「もうお分かりだと思いますが……ミスター・VTRは気を失った王子を短剣の側に立たせて、刃に向かって押し倒しました！　しかし、これだけでは時間差トリックにはなりません。そのため、ミスター・VTRは倒れゆく王子に対して、ある能力を発動しました！」

「ど……どんな能力だわさ!?」

キン骨マンが床に転がったリモコンに目を向けた。ミスター・VTRは早送り・一時停止・巻き戻しなど……映像に関する現象を、現実に反映させることができる。ミートは、その恐るべき能力を口にした。

「スロー再生です。いえ……厳密に言うと、地面に落ちて弾ける水滴や、粉々に割れるガラスの動きすら正確に撮影する〈スーパースロー再生〉を駆使したのです！」

「ムヒョヒョ……ス、スーパースロー？」

聞き慣れない言葉に、キン骨マンが目を丸くする。１９８７年には、まだ広く認知されていない技術をミートが説明する。

「第二次世界大戦の頃……ミサイル開発の一環としてすでに使用されていたといわれるハイスピードカメラによるスローモーション映像の極致〈スーパースロー〉は、人間の視力では捉えることができない刹那を刻むことができます。映像に関するエキスパートであるミスター・ＶＴＲなら、それをレンズに映った相手に再現させたとしても不思議ではありません！」

「ちょ、ちょっと待つだわさ……じゃ、じゃあ、キン肉マンの奴は……まさかっ？」

キン骨マンはおそるおそる、それが何を意味するのか訊ねた。ミートは、初めにこう言った。『今回の事件は恐ろしく惨いトリックが使用されました。身の毛もよだつような、悪魔の時間差トリックです！』……と。

ミートは沈痛な表情を浮かべながら、真相を語った。

「ミスター・ＶＴＲは刃に向かって倒れる王子に、スーパースローをかけました！　その結果、王子は……夜十時から朝七時までの九時間かけて、ゆっくりと短剣に向かって倒れていき、最後は心臓を刃に貫かれて絶命したのですっ！」

「ひ、一晩かかって、短剣が胸に刺さって死ぬっ!?　そ、その間……キン肉マンの意識はどうなってたんだわさ!?」

キン骨マンの言葉に、ミートは辛そうに答えた。

「たとえ、体の自由は利《き》かなくても……王子の意識は正常だったはずです。想像を絶する恐怖だったでしょう。九時間かけて、ゆっくりと自分が短剣に向かって倒れていくのに、すでに術中にハマってしまった以上、どうすることもできないのですから。体に刃が触れて絶命するまでの数時間は、まさに生き地獄だったと思います。現に、キン骨マン……あなたは、夜中に不気味な山鳴りを聞いてましたね。それは、スーパースローの効果で、じわじわと刃が心臓に食い込む苦しみを味わっていた王子の……人の声とも思えない断末魔の叫びだったのですっ!!」

キン骨マンはヘナヘナとその場で崩れ落ちた。

「あ……あれが、キン肉マンの断末魔だったんなんて!!　む、惨すぎるだわさ……」

ミートは、机に置かれたままの手付かずの牛丼に目を向けた。

「ミスター・VTR……あなたの能力は、自身のレンズに映り込んだもの全てに影響を及ぼします。だから、王子にスーパースローをかけた時、背後にあった牛丼もその影響を受けてしまいました。そのため……昨夜に届けられた牛丼が、今朝になってもまだ温かいという、不可解な現象が起きてしまったのです！」

ミスター・VTRは、全てのトリックをミートによって暴かれた。綺麗に磨かれた顔面のレンズが、自身の荒くなった呼吸で曇っていく。

周囲の視線を振り払うように、ミスター・VTRが叫んだ。

「ま、まだだ……まだオレを犯人だと決めつけるのは早いぞっ!! その前に、そのドネルマンとかいう超人の覆面を剝いでみろっ!! もし……そいつが、瞬間移動や時間操作といった特殊能力を持つ超人だったら、オレ以外にも犯行が実行できる可能性が浮上する!!」

あまりにも虚しい、最後の悪足掻《わるあが》きだった。

ミートは犯人すら知らなかった、もう一つの真相を伝えた。

「残念ですが、ドネルマンだけは、この事件の犯人になることはできません。ボクが真っ先に容疑者から除外したのは、彼なんですから……」

「なにっ!?」

ミスター・VTRが狼狽えた様子で、ドネルマンをレンズに捉える。

ミートもまた、謎の超人をじっと見つめた。

ドネルマンはミートに向かって頷くと、探偵と犯人の間に立つように前に出た。

キン骨マンとバイクマンが、正体不明の超人を警戒するように後ずさる。

「誰だ、お前は……!?」

ミスター・VTRが訊ねると、謎の超人はずだ袋に手をかけながら、こう言った。

「へのつっぱりはいらんですよ」

6

ドネルマンが、ずだ袋を脱ぎ捨て、顔を晒した。

「ゲ……ゲェエ――――ッッ!?」

キン骨マン、バイクマン、そしてミスター・VTRが揃って驚愕の声を上げた。

謎の超人の正体はキン肉マン……によく似ているが、額に〈肉〉の文字はなく、代わりに赤い斑点《はんてん》があり、本家より鋭い目と分厚い唇をした、より暑苦しいというべきか、不細工な顔立ちをした見知らぬ超人だった。

「だ……誰だわさっ!?」

キン骨マンが力の限り叫んだ。ミートは咳払いすると、不細工な超人に声をかけた。

「王子……そのマスクのままじゃ、みんなが混乱してしまいますよっ」

「おお〜っ。そうじゃった、そうじゃった」

不細工な超人は、床に横たわるキン肉マンの死体に近寄ると、皆に背中を向けながら、お互いのマスクを交換し始めた。

「ムヒョッ……何をやってるんだわさ⁉　そ、それにさっき、王子って言わなかったか⁉　ど、ど、どういうことだわさっ⁉」

何が何だか分からず、キン骨マンがミートに詰め寄った。

「落ち着いてください、キン骨マン。ボクだって、このことに気づいたのは、王子の死体を発見して、しばらくしてからなんですから……」

その時、マスクを交換し終えた超人が立ち上がり、改めて1号室に集まった超人たちにその姿を見せた。

「私が噂のスーパーヒーロー、キン肉マンじゃ——っ‼」

名乗りと同時に両腕を引き締め、決めポーズをすると、着ていたトレーナーとジーンズがビリビリと破けて、真っ赤なパンツ一丁となった。

「ム……ムヒョヒョッ⁉　キン肉マンより不細工な超人が、死んだキン肉マンのマスクを被って、キン肉マンを名乗り始めただわさ〜〜〜〜っ⁉」

キン骨マンは両眼を飛び出したまま絶叫した。

「影武者か……!?　オレが殺した超人は、キン肉マンではなかったのか!?」

ミスター・VTRは無念そうに拳を握りしめた。ミートがメガネをくいっと持ち上げる。

「はい。あなたはキン肉マンのマスクを被った全くの別人を、王子と思って殺してしまいました。ただ、王子は何もあなたの暗殺を察知して、影武者を立てていたわけではありません」

「なにぃ～っ!?　ど、どういうことだ……そこで死んでいるのは誰なんだ!?」

あたふたと取り乱すミスター・VTRに、ミートは死んでいる超人の名を告げた。

「あなたが間違えて殺してしまった超人は……シシカバ・ブーです!」

「……シシカバ・ブー?」

名前を教えられても、ミスター・VTRはいまいちピンとこなかった。

キン骨マンが「だから、誰だわさっ?」ともどかしそうに壁を叩いた。

生きていた本物のキン肉マンが、シシカバ・ブーの亡骸を見つめながら口を開いた。

「シシカバ・ブーは私と同じくキン肉星出身・バーベキュー族の超人さ。訳あって、私に呼び出されて、この呪肉館にやって来たのだが……運が悪いことに、お互いのマスクを交換したため、私と間違えられて殺されてしまったのだ」

キン骨マンは床に横たわるシシカバ・ブーと、復活を遂げた……というより、元々死んでいなかったキン肉マンを交互に見た。

「ムヒョヒョ……つまり二人は、あちきたちがこの呪肉館に来た時には、すでにマスクを交換して入れ替わっていたのか？」

ミートがこくりと頷いた。

「ええ、その通りです。分かりやすく説明しましょう……まず、王子が大王の職務に耐えられずに地球に逃げ出しました。しかし、大王の失踪はキン肉星に混乱を招きますし、すぐに王子を連れ戻すための捜索隊がやって来ると考えました。そこで、王子は一旦、みんなを安心させるため、こっそりと友人のシシカバ・ブーに来日してもらい、お互いのマスクを交換して、しばらくの間、シシカバ・ブーに大王の替え玉になってもらおうとしたのです……」

ミスター・VTRは悔しげに、シシカバ・ブーの死体を睨みつけた。

「そうか……だから、大王の替え玉として来日したことがバレないように、こいつはトルコの三流超人・ドネルマンと名乗って、この呪肉館にチェックインしたんだな！」

「そうです。人は偽名を名乗らなければならない時に、全く脈絡のない名前をとっさに言えないものです。ドネルマンという名は……シシカバブと並ぶトルコ料理のドネルケバブからとったのだと容易に想像がつきます。フロントで彼の偽名を聞いた時に、その正体に気づくべきでした。王子とシシカバ・ブーは、ボクがこの部屋に押しかけた時には、すでに入れ替わっていたはずです。キン骨マン……あなたは、王子と再会を果たした時に『自分の知っているキン肉マンじゃない』と言いましたが、あの時の直感は当たっていたんです。あの時の王子は、王子じゃなかったんです！」

ミートも昨夜、この部屋に牛丼を届けた時、キン肉マンが口にした言葉に違和感を覚えた。キン肉マンは牛丼を受け取ると『キン骨マンにもよろしく』と言ったのだ。いくら、キン肉マンが精神的に弱っていたとしても、キン骨マンに対して、そんな台詞を吐くような男ではない。

「王子からすれば、マスクの交換が済んだ後は、ドネルマンとして堂々と日本旅行を満喫しようとしていたのでしょうが……間が悪いことに、この呪肉館にボクたちが来てしまいました。シシカバ・ブーは、突然押しかけたボクたちに動揺して、とっさに翌朝帰ることを約束しました。朝までの間に王子と密会して、替え玉がバレないための引き継ぎをする予定があったのでしょう。ですが……その日の夜に、王子の暗殺を狙っていたミスター・VTRによって殺されてしまったのです！」

こうして複雑な事情が重なり、ミスター・VTRの暗殺計画は失敗に終わった。

キン肉マンはミートの隣に立つと、申し訳なさそうに頭を掻いた。

「すまんのお、ミート。本当はシシカバ・ブーが殺された時に、名乗り出るべきだったんじゃが、犯人を見つけるためにも、ドネルマンの姿のまま状況を見極める必要があったんじゃ」

「いえ……ボクも王子の死体をよく調べた時に、筋肉の違いから死体が別人であることは気づいていました。その上で、目的を遂行したと犯人が油断するように、敢えて黙っていました」

キン肉マンとミートが、お互いの行動を感謝するように頷いた。長年の信頼関係だからこそできる、犯人を追い詰めるための無言のコンビプレーだった。

バイクマンが物悲しげな表情を浮かべながら、ミスター・VTRに訊ねた。

「なぜだ……ミスター・VTR？　どうして、キン肉マンを殺そうとした？　オレたちはチームこそ違ったが、王位争奪サバイバル・マッチで正々堂々と戦い合った仲じゃないか！」

その言葉がおかしかったのか、ミスター・VTRがカカカッと笑い出した。

「なぜも何も……オレの目的はその王位争奪サバイバル・マッチのやり直しだったんだよ！　キン肉マンが死ねば、キン肉星大王の座は空位になる！　そうすれば、再び王位争奪戦が始まり、我が主・キン肉マンマリポーサ様が王位に就く可能性も出てくるのだからなぁーっ！」

ミスター・VTRの歪んだ忠誠心に、その場にいる全員が凍りついた。

かつての主であったマリポーサは、そんな蛮行を望んでいないのにもかかわらず、ミスター・VTRは、今日という日までキン肉マンに復讐する機会をずっと窺っていたのだ。

「カーカカカッ!! お前さえいなくなれば、全て丸く収まるんだっ！ 死ねェ──ッ!!」

ミスター・VTRは最後の手段に出た。キン肉マンに飛びかかり、直接殺害しようとしたのだ。

「……王子っ!!」

ミートが叫んだ時だった。キン肉マンは猛スピードで向かってくるミスター・VTRに対して、落ち着いた動きで腰を下ろすと、相手の首を自分の肩に乗せるようにして受け止めた。そして、逆さになった相手の両足を開いて摑むと、勢いよく跳躍した。

ミスター・VTRを抱えたまま跳躍したキン肉マンは、そのまま1号室の天井を突き破り、天高く上昇したところで、今度は重力に任せて急降下した！

「ムヒョッ……あ、あの体勢はっ!!」

キン骨マンが天井を見上げながら叫んだ。

「王子の必殺技《フェイバリット》・48の殺人技の一つ……!!」

ミートが勝利を確信したように、天に向かって拳をかざす。

「キン肉バスタァ————ッッ!!」

キン肉マンが力強く叫びながら、1号室に着地した。すさまじい衝撃波と共に、キン肉マンは1号室の床を突き破り、そのまま一階の床に激突する。

まるで隕石が落ちたかのように、呪肉館は天井から一階の床まで大穴が空いた状態となった。ミートが二階に空いた穴から下を覗き込むと、一階の床はクレーターのように丸く抉《えぐ》れており、その中心で片膝をついたまま、相手にクラッチしていた手を離すキン肉マンと、首折り・背骨折り・股裂きのダメージを一度に喰らい、吐血したまま地面に倒れるミスター・VTRの姿があった。

王位争奪戦以来となる……ミスター・VTR、二度目の敗北だった。

キン肉マンは、フロントで唖然としている老婆に気づくと、何事もなかったかのように「バアさん、チェックアウト」と口にした。

キン肉マンが階段を上り、再び1号室に戻ると、ミートが目を潤ませていた。

「王子……お怪我はありませんでしたか?」

「心配無用じゃ。それより、まだ最後にやることが残っとるぞい」

キン肉マンはそう言うと、無惨にも惨殺されたシシカバ・ブーの前でしゃがみ、自身のマスクに手をかけた。

「シシカバ・ブー……私の身代わりになってしまって、すまなかったのぉ～っ」

キン肉マンは慈悲深い表情を浮かべながら、マスクを半分ほど脱いで素顔を晒した。すると、キン肉マンの素顔から溢れ出す光がシシカバ・ブーを優しく包み込んだ。

「うおおっ！　こ、これは？」

バイクマンは奇跡を目の当たりにして叫んだ。キン肉マンのフェイス・フラッシュを照射されたことにより、シシカバ・ブーの死体に突き刺さった短剣がぽろりと床に落ちて、胸の傷口がみるみると塞がっていくのだ。そして、死んでいたはずの、シシカバ・ブーがぱちりと目を開けて蘇った。

その光景は、キン肉バスターによって空いた穴を通じて、一階で倒れていたミスター・VTRの目にも映っていた。この事件の首謀者はボロボロになった体を震わせながら困惑した。

――こ、こんなのアリなのか!?　この男の前では……トリックなど無意味だ!!

ミスター・VTRは敗北を悟ると、そのまま意識を失って崩れ落ちた。

キン骨マンは、普段はドジだが、友情パワーでどんな難題も乗り越えるライバルの姿を見て、力強く叫んだ。

「これが……これが〈キン肉マン〉だわさっ!!」

こうして、最後の超人殺人の幕が降りた。

エピローグ

キン肉《にく》マンは新幹線の窓から、果てしなく広がる田園風景をぼうっと眺めていた。

呪肉館《じゆにくかん》で起きた超人《ちようじん》殺人は、結果的には被害者であったシシカバ・ブーが蘇るという……超人同士の殺人ならではの、奇妙な結末を迎えた。

そのため、蘇ったシシカバ・ブーは、キン肉マンを散々どつきながら、そのまま日本観光を楽しむため、別行動を取ることになった。

犯人のミスター・VTRは、本来なら超人警察に引き渡されるのが筋だが、キン肉マンの独断によって、見逃されることになった。キン肉マンが一連の行いを赦《ゆる》すと言った時、ミスター・VTRは不敵な笑みを浮かべて、ボロボロの体を引きずるようにして去っていった。

そして、残ったキン肉マン、ミート、キン骨《こつ》マンの三人が、新幹線で東京へ向かうことになった。

「まず……東京に着いたら、すぐに宇宙船に乗り換えて、キン肉星に直帰します。キン肉星に戻ったら、速やかに滞《とどこお》った他星への訪問や会談を済ませて、大王としての職務を再開していただきますし、今回の超人殺人についても話し合い、今後のためにも対策を練る必要があるでしょう。……って王子、聞いてますか？」

隣に座るミートが怪訝な表情を浮かべながら訊ねた。キン肉マンはどこか上の空といった様子で、静かに話し始めた。

「なあ、ミートよ。私はどうも気になるのじゃ。ミートが私のことを追いかけている間に、超人による殺人があちこちで起きたのだろう？」

「はい」

キン肉マンは「ウーム……」と言いながら、顎に手を当てた。

「どうもスッキリせんのう。私がキン肉星を抜け出して失踪したのと、各地で超人殺人が立て続けに起きたタイミングが同じなのは偶然なんじゃろうか？」

ミートは静かに頷くと、今まで隠していた疑念を打ち明けた。

「ええ……実はボクもそれが気になってました。超人による殺人事件は非常に稀《まれ》です。それがあんな異常な頻度で起きるなんて……何か大きな力が動いていたような気がしてなりません」

ミートは、ブラックホールやタイルマンが起こした悲劇を思い出した。

どちらの超人殺人も、ミートの活躍によって事件は解決した。最初の事件で死亡したペンタゴンも、超人強度の譲渡によって蘇ったようで、全てが丸く収まったようにも思えた。

それなのにミートは、えも言われぬ不安を感じていた。

――本当に事件は解決したのだろうか？

キン肉マンは窓から見える風景を眺めながら、一つの仮説を口にした。

「私はミスター・ＶＴＲと一度対戦したことがあるから分かるんじゃ。あいつは映像に関することなら何でもできる。例えば、もし奴に……〈世界を特定のドラマや映画のように変える能力〉があったとしたら？」

「えっ!?　どういうことですか……王子っ!?　ミスター・ＶＴＲにそんな能力があるなんて聞いたことがありませんよっ!!」

「だから、私も言うべきか悩んでいたんだ。ただ、奴が王位争奪戦以降に身につけた技という可能性もある。実際にミスター・ＶＴＲのマリポーサに対する忠誠心は相当なものだったからな」

その時、窓から見える景色が真っ黒になった。新幹線がトンネルの中に入ったのだ。

窓の方を向いていたキン肉マンが、隣に座るミートに向き直る。

「私は呪肉館で、事件の謎を鮮やかに解き明かすミートを見ながら、まるでミステリードラマに出てくる名探偵のようだな……と思ったんだ。あの時に気づくべきだった」

「え？」

「ミスター・VTRは私と真っ向勝負で叶うわけがないと悟り、この世の中をミステリーのような世界にして、超人レスリングではなく、超人トリックによる暗殺を企てようとしたんじゃないか？」

「つまり、彼が変えたのは……この世界の法則や常識ということですか？」

ミートはキン肉マンの推理にぞっとした。確かにそれなら、ここ数日に起きた超人殺人も納得がいく。

「心当たりが一つあります……ボクがミスター・VTRと談話室で話をした時、彼はこれまでに撮影した写真を見せてくれました」

「ああ、そうじゃったな」

ドネルマンとして、その場に居合わせていたキン肉マンが頷いた。

「ええ……そして、その中の一枚に、地球を映した写真が混じっていたんです。ミスター・VTRはレンズに写った被写体を思いのままにできます。もし、王子の言うような能力を、宇宙から地球全体を捉えて発動したとしたら……その効果が及ぶ範囲はこの星にいる者、全てとなります！」

キン肉マンとミートが顔を見合わせた。

新幹線がトンネルを抜けて、車内がぱっと明るくなった。ちょうど、その時……

「うぎゃあああああ――――――――っっ!!」

前方の車両から、誰かの悲鳴が聞こえた。

「なんじゃなんじゃ……?」

キン肉マンが車内前方に視線を向ける。

「ムヒョヒョ～～ッ……大変だわさ～～っ!!」

連結ドアが勢いよく開いて、そこから軽食や飲み物を積んだワゴンを押しながら、キン骨マンが駆けてきた。

「キ、キン骨マン! あなた、今までどこ行ってたんですか?」

ミートが訊ねると、キン骨マンは息を切らせながら話し出した。

「あ、あちきはただ……新幹線の車内販売の商品を全て買い占めて、それを高額な値段で売り捌《さば》くビジネスをしてただけだわさ! そ、そんなことより、隣の車両で座っていた超人が、トンネルを抜けた瞬間に死んでいただわさ! ま、また超人殺人が起きただわさっ!」

キン肉マンとミートは同時に立ち上がった。

「どうやら、私の考えは当たっていたのかもしれんのぉ。私はもう一度、ミスター・VT

Rをとっちめにいくぞ。ミートはそっちの事件を解決するんじゃ！」

「はい、王子っ」

キン肉マンとミートは、別れる瞬間にお互いの勝利を祈って、力強く親指を立てた。

すぐさま走行中の新幹線の窓をぶち破ると、キン肉マンが外に向かって飛びたった。

「ムヒョヒョ〜……仕方ない、あちきも、もう少しだけ付き合うだわさ」

キン骨マンはため息をつきながら連結ドアを開いて、小さな探偵を手招きした。

超高速で移動する車内で起きた超人殺人。

その謎を解くため、ミートが駆けた。

ゆでたまご
1978年、第9回赤塚賞に『キン肉マン』で準入選し、
週刊少年ジャンプにてデビュー。
2023年現在、同作品を「週刊プレイボーイ」と
「週プレNEWS」にて同時連載中。

おぎぬまX
2019年、第91回赤塚賞に
『だるまさんがころんだ時空伝』で入選。
主な著作に『謎尾解美の爆裂推理!!』(JCSQ.)、
『地下芸人』(集英社文庫)など。

■初出
キン肉マン　四次元殺法殺人事件　書き下ろし

[キン肉マン] 四次元殺法殺人事件

2023年3月22日　第1刷発行
2024年7月31日　第3刷発行

著　者／ゆでたまご◉おぎぬまX

装　丁／海野智

編集協力／北 奈櫻子

担当編集／福嶋唯大

編集人／千葉佳余

発行者／瓶子吉久

発行所／株式会社 集英社

〒101-8050　東京都千代田区一ツ橋 2-5-10
TEL　03-3230-6297（編集部）03-3230-6080（読者係）
03-3230-6393（販売部・書店専用）

印刷所／TOPPAN株式会社

Printed in Japan　　ISBN978-4-08-703531-5 C0293

検印廃止